和泉式部日記
注釈［三条西家本］
Izumishikibu nikki

岩佐美代子
IWASA Miyoko

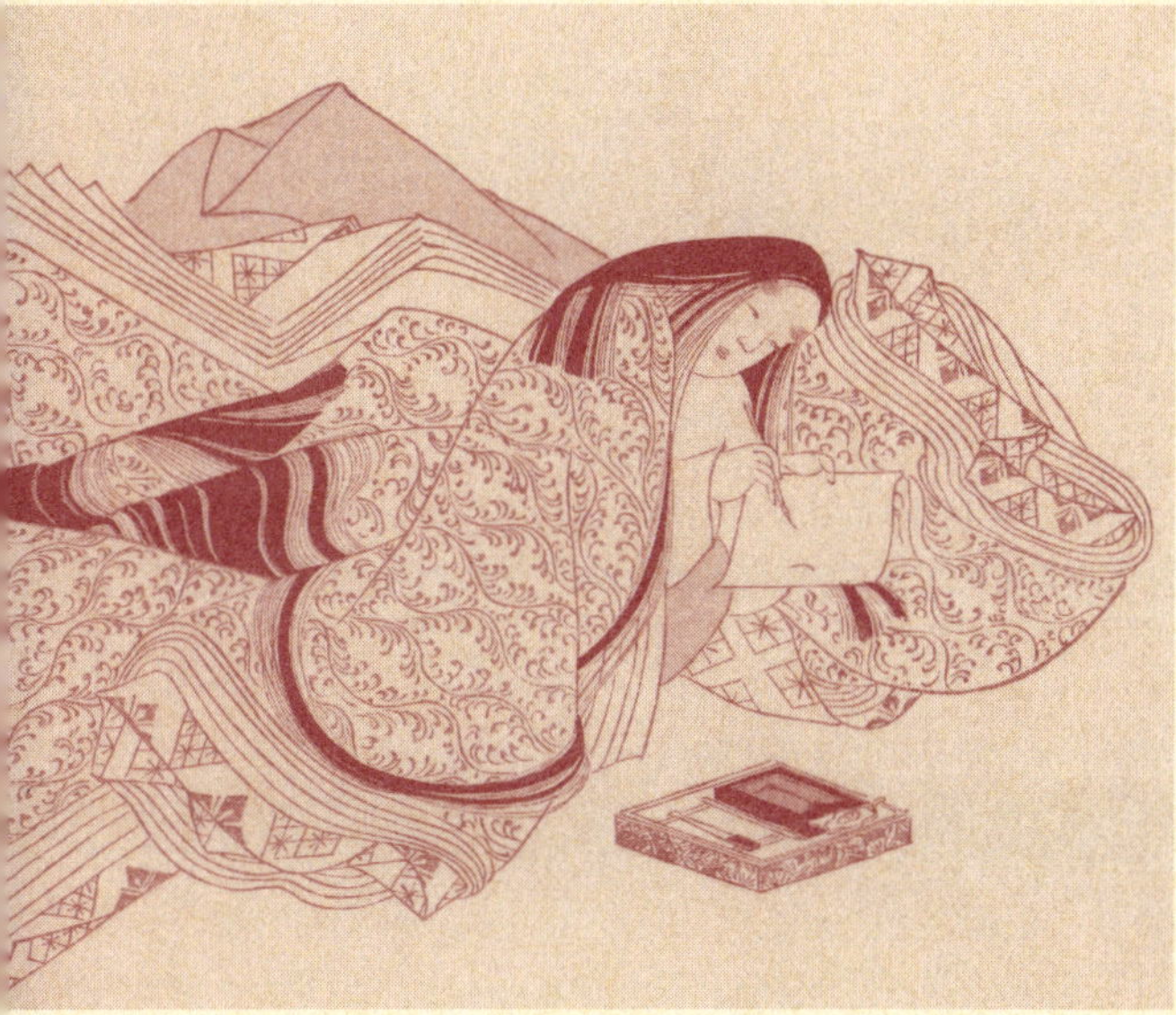

笠間書院

はじめに

あらざらんこの世のほかの思ひ出でに今一度の逢ふこともがな（後拾遺集七六三、百人一首）

「もう一度だけお逢いしたいわ」――たったこれだけの事を、こんなに情愛をこめて、やさしく美しく表現する事のできた和泉式部。今よりはるかに男女関係の大らかであったその当時でも、御堂関白道長に、「浮かれ女《め》」とからかわれ、紫式部に「けしからぬ方こそあれ」と眉をひそめられながら、そんな事には少しもこだわらず、自分の気持に忠実に、堂々と生きました。

その、古今を通じての恋の代表選手が、数ある恋の中でも最もいとおしい思い出、敦道親王との愛の経緯を、発端から宮邸入りまでの約十箇月、二人の感情の起伏を実にリアルに、心をこめて描いたのがこの『和泉式部日記』です。主要人物はこの二人きり、宮の小舎人童《こどねりわらわ》と乳母、女の使う樋清童女《ひすましわらわ》がわずかにこれにからみ、最終段、宮邸を去る北の方と姉女御が結末を締めるだけ。そんな単純な構成でありながら、二人の恋心の展開は波瀾万丈、取りかわす会話や和歌・手紙文は情趣と機知にあふれ、千年前の男女交際はこんなにも文化の薫り高いものであったかと、現代のそれと思いくらべて、今昔の感に堪えません。かくも美しい恋の姿を書き残しておいてくれた作者に、心からの感謝と敬愛の念を捧げます。

私は昔から、ただこの日記が好きで愛読していただけの事ですが、ふと気がつくと、従来の注釈・研究、実に山のようにありながら、かんじんの、「基本の読み」の所で、今一つ……と思われる点がいくつか見つかり、いろいろと考えて行くうちに、それぞれは些細な相違のようでも、積り積っては全体の理解にもかかわる、重大な問題にもなるように思えてまいりました。長年、心の中に抱き育てて来たこの疑問、不満を、一人かかえたままあの世へ行くのかしら、と思いますと、何とも心残りで、あつかましくもこのような注釈書を刊行いたします。どうぞ虚心にお読み下さり、当否を御判断の上、もし採るべきものがあれば今後の読解・研究にお役立て下さいませ。

ことさら書名に「三条西家本」とうたいましたのは、その本文を最も原作に近い、據るべき唯一のものと認めたためでございます。もちろん従来の諸注釈、ほとんど当本を底本としてはおりますが、意味不通とされる所は他本により改訂されている場合も少くありません。しかし、筆写によって伝えられた往古の作品は、時代と筆写者との知識教養の変遷に沿って、文章上、誤写ならぬ善意の改訂を生じ、ために意図せずして原作の意を損う場合があります。その点、原作を生んだ社会と最も近い生活感覚・言語体系を維持していた室町期最高教養人、三条西実隆の身近で成立した当本の本文を、前述の私解とも考え合わせ、最も尊重すべきであろうと判断、できる限りその原態を生かしての読解を試みた次第でございます。

三条西家本成立かと推定される長享二年（一四八八）から約五百年。他の古典籍とくらべれば、必ずしも非常に古い歴史を持つ伝本とも言われませんが、現代にも続発する天災・人災、それによって失われる文化財の数々を思います時、よくぞこの善本が伝存し得て、式部の名作の真の面影を後世に長く残してくれた事と、感謝の念を深くいたします。

では、古今稀な美しい恋物語、和泉式部日記を、どうぞお楽しみ下さいませ。

和泉式部日記注釈〔三条西家本〕

——目次

［注釈］

解説

【凡　例】

一　本文は宮内庁書陵部蔵、三条西家旧蔵『和泉式部日記』（藤岡忠美編・解説、和泉書院昭58刊の影印本による）を用いた。

一　私に章段を分けて小題を付した。

一　翻刻に当り、次の処置を施した。

1　通行の漢字を用い、濁点・句読点・鉤括弧を施し、適宜改行した。

2　繙読の便をはかって、適宜、仮名表記には漢字を、難読漢字には読みを、変則仮名遣いには歴史的仮名遣いを、括弧内ルビとして示した。

3　送り仮名・助詞を補った場合は、傍点を付して示した。

一　原文を上段に、現代語訳を下段に配し、【校訂考】【他出和歌】【語釈】【補説】を示した。【語釈】中、他段の注記を参照すべき場合は、「→」をもって指示した。

一　校訂箇所はローマ字で示し、【校訂考】中他本との異同指摘は最小限にとどめて、可能な限り底本の本来表記を生かした。

一　多く引用する諸家の注釈書は、左の略称あるいは著者名をもって示した。

新註　　玉井幸助『和泉式部日記新註』昭24

古典全書　山岸徳平『和泉式部日記』日本古典全書　昭34

全講　　円地文子・鈴木一雄『全講和泉式部日記』昭40

新全集　　藤岡忠美『和泉式部日記』新編日本古典文学全集　平6

一　引用和歌は『新編国歌大観』によった。和泉式部集は正集・続集の略称を用い、表記は私に改めた所がある。

一　解説に本文を引用する場合は、適宜読みやすい表記によった。

和泉式部日記注釈

〔三条西家本〕

一　聞かばや同じ声やしたると

[一]ゆめよりもはかなき世のなか《（中）》を[二]なげきわびつゝあかしくらすほどに、[三]四月十よひ《（余日）》にもなりぬれば木のしたくらがりもてゆく。[四]ついひぢ《（築土）》のうへの草[五]あをやかなるも、人はことにめ《（目）》もとゞめぬを、あはれとながむるほどに、[六]ちかきすいがい《（透垣）》のもとに人のけはひすれば、たれならんとおもふほどに、[七]故宮にさぶらひし[八]こどねりわらは《（小舎人童）》なりけり。あはれにものゝおぼゆるほどにきたれば、「などかひさしくみえざりつる。とを《（ほ）》ざかるむかしのなごりにも」一オおもふを」などい[九]はすれば、「[一〇]そのことゝさぶらはではなれ〳〵しきさまにやと、つゝまし

この世は夢と言うけれど、弾正宮様を失って、夢よりも頼りにならぬ世の中を、歎いても歎いても足りぬ思いで、ただ夜の明け、日の暮れるままに過しているうちに、いつの間にか四月十日余りにもなったので、木の下もやや暗くなる程葉が茂って来ている。築土の上の草が青々となっているのも、人は別に気をとめて見もしないだろうけれど、ああ、もうそんなに時間が経ったのだ、とつくづく眺めていると、すぐそばの透垣の所に人の来たような感じがするので、誰だろうと思ったら、故宮様にお仕えしていた小舎人童だった。しみじみと物思いにふけっているちょうどその時に来たので、「どうして長いこと来なかったの。あなただけが、遠くなって行くあの頃のお形見だと思っているのに」などと取次の者に言わせると、「御用もないのにうかがっては無遠慮かとためらわ

う候ふ[一一]うちに、日ごろは山でらにまかりありきてなん。いとたよりなくつれ〴〵に思ひたまふ《う》らる[一二]れば、御かはりにもみたてまつらんとてなん、そち《帥》の宮にまい《ゐ》りてさぶらふ」とかたる。「いとよきことにこそあなれ。そのみや《宮》は、いとあてにけ[一三]ゝしうおはしますなるは、むかしのやうにはえしもあらじ」などいへば、「しかおはしませど、いとけ[一四]ぢか《気近》くおはしまして、『つねに』一ゥ[一五]まい《ゐ》るや』とゝ《問》はせおはしまして、『まいり侍り』と申し候ひつれば、『これもてまいりて、いかゞみ給ふとてたてまつらせよ』とのたまはせつる」とて、たちばな《橘》の花をとりいでたれば、「むかしの人[一六]の」といはれて。

「さらばまい《ゐ》りなん。いかゞきこえさすべき」

れます上に、この数日は山寺歩きを致しておりまして。お宮仕え先がなくてはまことに頼りなく、手持無沙汰な感じが致しますので、せめて故宮様の代りにもお見上げしようかと思いまして、帥の宮様に祗候しております」と話す。「まあ、それは結構な事ね。でもその宮様は、とてもお上品でお澄ましでいらっしゃるそうだから、昔のお宮仕えのようにはとても行かないでしょうね」などと言うと、「それはまあそうですが、私には大変お気軽にして下さいまして、こちら様に『いつもうかがうのか』とお尋ねになって、『参っております』と申上げますと、『これを持って行って、どのように御覧になりましょうかと言って差上げて参れ』とおっしゃいました」と言って、橘の花を取出して渡した。見ると、「昔の人の袖の香ぞする」と自然に口から出てしまう。

「それではおいとま致しましょう。お返事はどのように申上げましょうか」と言うので、普通の言葉でお返事するのも何か気がひけるから、「いいわ、色めいた方という評判も特に立っていらっしゃらない方なのだから、

といへば、ことばにてきこえさせせんもかたはらいたくて、なにかは、[17]あだ〳〵しくもまだきこえ給はぬを、[18]はかなきことをもと思ひて、

　かほ《を》るか《香》によそふるよりは[19]ほとゝぎす
　きかばや[20]おなじこゑやしたると」二オ

ときこえさせたり。

[21]まだは《端》しにおはしましけるに、このわらは、かくれのかたに[22]けしきばみけるけはひを御ら《覧》むじつけて、「いかに」とゝはせ[23]給ふに、御ふみをさしいでたれば、御らむじて、

　[24]おなじ枝《え》になきつゝお《を》りしほとゝぎす
　こゑはかはらぬものとしらずや

とかゝせ給ひて、たまふとて、「かゝること、[25]ゆめ人にいふな。すきがましきやうなり」とていら《入》

ちょっとした御挨拶の程度に申上げて置こう」と思って、

「橘の高い香に昔を引きくらべて偲ぶよりは、時鳥よ、お前の声を聞こうよ、去年と同じ声をしているかどうかと。（故宮様を偲ぶ橘を頂戴してありがたい事ですが、同じ事なら御兄弟同じでいらっしゃるかと、宮様のお声がうかがいたいものでございます）」

という歌を差上げた。

宮はまだ端近の御座所にいらっしゃったのに、この童が目立たない場所からそっと合図した様子をお見つけになって、「どうした」と侍臣にお尋ねさせになると、女からのお手紙を差出したので、御覧になって、

「兄宮と私は同腹の兄弟、言わば同じ枝に鳴きかわしつつ親しんでいた二羽の時鳥のようなものだ。声は全く変らないと、それ位の事がわからないのかね」

と返歌をお書きになって、童にお与えになる時に、「こんな事は、決して他人に言うなよ。好色らしいように見られてしまうから」とおっしゃって奥にお入りになった。童がこのお手紙を持って来たので、女はまあすてき、面

せたまひぬ。二六もてきたれば、をかしと見れど、つねはとて御返りきこえさせず。

た」二ウまはせそめてはまた、

二七うちいでゞもありにしものを中〳〵に
　くるしきまでもなげくけふかな

とのたまはせたり。もともこゝろふかゝらぬ人にて、ならはぬつれ〴〵のわりなくおぼゆるに、二八はかなきこともめ（目）とゞまりて御返り、

けふのまの心にかへておもひやれ
　ながめつゝのみすぐす心を

白いこと、と思ったけれど、そういつもは、と思ってお返事は差上げない。

宮は、こうお手紙を下さりはじめたので、又、

「口に出さず我慢しておればよかったのに、なまじ恋心を表に出したばかりに、かえってこれまで以上に、実に苦しい程に嘆く今日よ。ああどうしよう」

と言っておよこしになった。女ももともと深い思慮のある人でもなくて、体験のない孤独な生活が何とも耐えがたく思われるままに、こんなちょっとした事にも関心が引かれて、こんな御返歌を差上げた。

「苦しい程に嘆くとおっしゃる、その今日たった一日のお心にくらべて、思いやって下さいませ。毎日々々を、物思いにふけってばかり過している、この私の心を」

【他出和歌】

正集二三六、帥の宮、橘の枝を給はりたりし、「かをる香を……」。千載集九七一、弾正尹為尊のみこかくれ侍りてのち、大宰帥敦道のみこ、花橘をつかはして、いかゞ見ると言ひて侍りければ、つかはしける、「かをる香に……」。

正集二三七、返し、「同じ枝に……ものと知らなむ」。新千載集一七三九、弾正尹為尊のみこかくれ侍りて後、橘を

和泉式部がもとにつかはして侍りければ、かをる香に……と言へりける返事に、「同じ枝に……」。

新勅撰集六四一、和泉式部につかはしける、「うち出でても……」。

新勅撰集六四二、返し、「今日の間の……すぐす月日を」。

【語釈】 一 「寝ぬる夜の夢をはかなみまどろめばいやはかなにもなりまさるかな」（古今集六四四、業平）「夢よりもはかなきものは夏の夜の暁方の別れなりけり」（後撰集一七〇、忠岑）「夢よりもはかなきものは蜻蛉のほのかに見えし影にぞありける」（拾遺集七三三、読人しらず） 二 前年、為尊親王没による。 三 長保五年（一〇〇三）。 四 土を盛って作った垣。 五 「春雨の日をふるままに我が宿の垣根の草は青みわたりぬ」（和泉式部集一三） 六 板または竹で、間を透かせて作った垣。 七 弾正宮為尊親王。冷泉院第三皇子。母兼家女超子。長保四年六月十三日没、26歳。 八 貴人に仕えて雑用に従う少年。 九 直接会話でなく、取次の者を介しての会話の意。 一〇 取立てて必要な用向き。 一一 そのような状況である上に。 一二 大宰帥敦道親王。冷泉院第四皇子。為尊の同母弟、23歳。 一三 よそよそしく。打解けにくく。 一四 親しみやすく。 一五 和泉式部の所に。 一六 「五月待つ花橘の香をかげば昔の人の袖の香ぞする」（古今集一三九、読人しらず） 一七 好色であると。 一八 本気でない社交辞令。 一九 時鳥。五月を待ちかねるように、死出の山から訪れて花橘の陰に鳴くとされた。 二〇 「五月待つ山時鳥打ち羽ぶき今も鳴かなむ去年の古声」（古今集一三七、読人しらず）により、「去年と同じ声」。裏に「兄宮と同じ声」の意を匂わせる。 二一 「奥」の対。手近な所。 二二 それとなく意思を表わす意。 二三 「せ」は使役。直接でなく、侍臣を介しての問答。次段「右近のぜう」がこの侍臣であろう。 二四 「連枝」（兄弟の意）を和らげていう。 二五 夢にも。決して。 二六 童が女の所に。 二七 恋心を口に出さないでいる事もできたのに。 二八 状況がどうにも打開できぬ意。

【補説】 女流日記文学、数ある中にも、実にユニークな、鮮かな語り出しである。謙虚な自己紹介、読者への挨拶・述懐、あるいは衿を正した美文ではなく、ごく自然な口調の中に、愛する人を失って約十箇月、極度の悲嘆からやや脱してようやく周辺の自然に眼の向いた女性の思い、そこに思いがけぬ故人ゆかりの侍童の登場、差出された橘の一枝——と、叙述は端的に事の発端を提示して、読者を作品世界に引入れてしまう。

花は終り、新緑の輝きも失せ、ふと見ればいつの間にか、築土に草が青い。何の特色もないこの風景を「あはれ」と眺める心理描写は、一見簡素と見せつつ、実は極度の悲傷からようやく四囲の自然を観察し得る心境のきざした時期と、それにふさわしい風物とを、実に率直にとらえている。通例の「子日若菜」ならぬ雑草の「青さ」を賞するのは、本例および注**五**和泉式部詠以外には、好忠集「道芝も今日ははる〴〵青み原おりゐる雲雀かくろへぬべみ」（八三）のみ。宮廷社会人として実にユニークな眼のつけどころである点に注意していただきたい。

小舎人童登場の部分の妙味については解説四を参照されたい。最初の問答は勿論取次を介してであるが、以後の会話をすべて同様と考える必要はない。女と童の間には、宮と童の間程の懸隔はない。ある程度の公式挨拶の後は、近寄って直接内々のひそひそ話、と見るべきであろう。

橘を差出されて思わず「『昔の人の』と言はれて」。文はこれで切れる。本記特有の「て止め」（解説六参照）の見事な効果であり、これ以上ない簡潔さで状景・心情が現前する。「言はれて見る」と補足する応永本本文は、この呼吸を解せぬ後人の蛇足である。

「あだ〴〵しくも」以下、好色の噂もまだ立たぬ初心な人、と思いつつ、「聞かばや」と誘いをかける歌を贈るというのは、現代的に考えれば著しく不穏当とも見られる。しかし当時の男女交際のあり方からすれば、格別の関係はなくとも贈答歌には恋の心をほのめかすのが礼儀である。一方、露わにその意を示された場合は初心を装って何も気づかぬように返すのも一つのコケティッシュなポーズを示す。本詠の場合は通常音信とは別趣の、故人追懐とも求愛とも取れる橘一枝、贈り主は世評によってもその意図の測りかねる若宮。ゆえに作者は、社交辞令としては物ならぬ肉声を望むような、しかし追悼唱和としては到底叶わぬ「去年の古声」の再来を願うという、巧みな二重構想詠で応ずる。これに対し、折返しての宮の返歌、「声は変らぬものと知らずや」はいかにも率直で若々しく、この情熱と、次の贈答の逡巡・不如意、この両極を揺れ動く恋の物語に、読者は劈頭から引きこまれる。稀に見る、すぐれた序章である。

二　はじめて物を思ふ朝は

かくてしば〳〵のたまはする、御返りも時々きこえさす。つれ〴〵もすこしなぐさむ」三オ心ちしてすぐ《(過)》す。又御ふみあり。ことばなどすこしこまやかにて、

「かたらはゞなぐさむこともありやせん
　いふかひなくはおもはざらなん

こうやって、その後は何度もお便りがある。お返事も時々は差上げる。こうして淋しさも少しは慰められるような気持がして暮している。そこへ又お手紙があった。文章も今までより少しこまごまとお書きになって、

「直接お話すれば、気のまぎれる事もあるかも知れません。
　兄宮とは違って話にならない人間だとは、思わないで下さい。

しみじみとしたお話も申上げたくて、夕刻にお尋ねした

あはれなる御ものがたり《物語》きこえさせに、くれには
いかゞ」とのたまはせたれば、
「なぐさむときけばかたらまほしけれど
一身のうきことぞいふかひもなき
二おひ《生》たるあし《芦》にてかひなくや」ときこえつ。
思ひかけぬほどにしのびてとおぼして、ひるより御こゝろまうけ《心設》して、日ごろも御ふみ」三ウとりつぎてまい《ゐ》らする三右近のぜう《尉》なる人をめして、「しのびて物へゆかん」との給《宣》はすれば、さなめりとおもひてさぶらふ。あやしき御くるま《車》にておはしまいて、「かくなむ」と四いはせたまへれば、女、いと五びなき《便》心ちすれど、なしときこえさすべきにもあらず、ひるも御かへりきこえさせつれば、ありながらかへしたてまつらんもなさけなかるべ

いのですがいかがですか」と言っておよこしになったので、

「気がまぎれると承われば、お話もしてみたいのですけれど、私の身の上の辛く悲しい事は、お話のしようもございませんわ。

『何事も言はれざりけり』という歌の、泥水に『生ひたる芦』みたいな私ですもの、お逢いする甲斐もございますまい」と申上げた。

先方が予想していないうちに、そっと行こうとお思いになって、宮は昼の中から心積りをなさって、平生お手紙を取次いで差上げている、右近の尉という人をお呼びになって、「こっそり外出しよう」とおっしゃると、きっとあそこだろうと思ってお供する。目立たないような車でおいでになって、「こういう次第です」と供人にお言い入れさせになると、女は何とも工合が悪いとは思うけれども、「おりません」と申上げるわけにも行かない。昼間も御手紙のお返事を申上げたのだから、居ながらお断りしてお帰りいただくのも失礼な事だろう、お話だけ

し、ものばかりきこえんと思ひて、にし《西》の六つまど《妻戸》に七わらざ《藁座》ゝし《差》いでゝいれたてまつるに、世の人のいへばにや」四オあらむ、なべての御さまにはあらず、なまめかし。これも心づかひせられて、ものなどきこゆるほどに、月さしいでぬ。いとあかし。

「ふるめかしう八おく《奥》まりたる身なれば、かゝるところにゐ《居》ならはぬを、いと九はしたなき心ちするに、そのおはするところにすへ《据ゑ》たまへ。よも一〇さき〳〵《先々》み給ふらん人のやうにはあらじ」とのたまへば、「あやし。こよひのみこそきこえさするとおもひはべれ。さき〳〵はいつかは」など、はかなきことにきこえなすほどに、夜もやう〳〵ふけぬ。

「かくてあか」四ウすべきにや」とて、

しようと思って、西の妻戸際に藁座を差出して、お入れ申上げると、世間の人がお賞めするからかも知れないが、本当に普通の人のような御様子ではなく、いかにも優雅でいらっしゃる。こちらも緊張してしまって、何かと応待申上げるうちに、月が昇って来た。大変明るい。

「私は古風に引っ込み思案な性格なので、こういう端近な所には居慣れないで、何とも工合の悪い感じがしますから、あなたのおいでの所にお入れ下さい。まさか、あなたが以前にお会いになっていた人のような失礼な事はしますまい」とおっしゃるので、「あらおかしい。今夜だけお目にかかるものと思っておりました。以前にはいつそんな事がありましたかしら」などと、冗談のようにおあしらいしているうちに、夜もすっかり更けた。

「このままで夜明かししなければならないのでしょうか」とおっしゃって、

「せっかくお逢いできたのに、はかない夢のような契りもせずに夜を明かしたとしたならば、何を一体後々までの語り草にしたらよいのでしょう。このままでは

はかもなき夢をだにみてあかしては[一一]
なにをかのちのよがたり《世語》にせん
とのたまへば、
「夜[一二]とゝもにぬるとは袖をおもふ身も
のどかに夢をみるよひ《宵》ぞなき
[一三]まいて」ときこゆ。「かろ〲しき御[一四]ありき《歩》すべき身にてもあらず。[一五]なさけなきやうにはおぼすとも、まことにものおそろしきまでこそおぼゆれ」とて、[一六]やをらすべりいり玉ひ《給》ぬ。いと[一七]わりなきことゞも《事共》を」五オのたまひちぎりて、あけぬればかへりたまひぬ。
すなはち、「いまのほどもいかゞ。あやしうこそ」とて、
こひ《恋》といへばよ《世》のつね《常》のとやおもふらん

あんまりです」

と仰せられるので、

「夢も見られないでとおっしゃいますが、故宮様を失って以来、夜になるとすぐに、いいえ、夜も昼もいつだって、『ぬる』と言えば寝る事ではなくて袖を濡らす事としか考えられません私ですもの、安らかに夢を見る夜などありませんわ。

まして夢のような契りなどは……」と申上げる。「私はそう軽々しく出歩ける身分でもない。思いやりがないように思われるかも知れないが、本当に空恐しくなるほどあなたがいとしいのだ」とおっしゃって、そっと女の寝所に音もなく入りこまれた。何とも言いようのないお心の内を言い聞かせ、約束なさって、夜が明けたのでお帰りになった。

折返して早速、「たった今、どうしていますか。別れたばかりなのにふしぎな程恋しい」とおっしゃって、

「恋と言えば、世間普通、ありふれた事と思うかも知れないが、今朝の私の心はそんなものではない、本当

　　けさのこゝろはたぐひだになし

御かへり、

　世のつねのことゝもさらにおもほえず

　　はじめてものを思ふあしたは

ときこえても、あやしかりける身のありさまかな、一八こ《故》宮のさばかりの給《宣》はせしものをと、かなしくておもひみだるゝほどに、れいのわらは《童》」五ウきたり。御ふみやあらんと思ふほどに、さもあらぬを心うしとおもふほどもすき〴〵しや。かへりまい《ゐ》るにきこゆ。

　ま《侍》た一九ましもかばかりこそはあらましか

　　おもひもかけぬけふのゆふぐれ

御ら《覧》むじて、げにいとを《ほ》しうもとおぼせど、二一かゝる御ありきさらにせさせ給はず、二〇北の方もれい《例》の

　にたとえようもなく恋しいのだよ」

御返事には、

「世間普通の事かどうかなんて、私にはまるでわかりませんわ。生れてはじめての物思いをする、この朝なんですもの」

と申上げながら、ああ何とふしぎな事になってしまった身の成行きだろう、故宮様があんなに、他の人に心を移すなとおっしゃったのに、と悲しくて思い悩んでいる所に、例の小舎人童がやって来た。宮様のお手紙を持って来たのかと思ったのに、そうでもないのを、ああがっかり、と思うというのも我ながら色めいた心ではある。御殿に帰って行くのにことづけて申上げる。

「お約束して待っておりましても、こんなに待ち遠しく恋しく思う事がありましょうかしら。そんな事はお互いに思いもよらぬ今日の夕暮に、こんなにも切なく宮様が恋しいとは」

宮はこれを御覧になって、本当にそうだ、かわいそうにとはお思いになるが、こんな色めいた外出は一向なさっ

人のなか《仲》のやうにこそおはしまさねど、夜ごとにいでんもあやしとおぼしめすべし、[22]こ《故》宮のはて《果》てまでそしられさせ給ひしも、これによりてぞかしとおぼし」六オつゝむも、[23]ねんごろにはおぼされぬなめりかし。[24]くらきほどにぞ御かへりある。

[25]「ひたぶるにまつともいはゞ[26]やすらはで
　ゆくべきものを[27]君がいへぢ《家路》に
をろか《疎》にやとおもふこそくるしけれ」とあるを、

「なにか、こゝには、
　かゝれどもおぼつかなくもおもほえず
　　これもむかしのAえ《縁》にこそあるらめ
とおもひ給ふ《(う)》れど、なぐさめずは[28]つゆ」ときこえたり。

た事がなく、北の方も普通の御夫婦仲のように親しくはいらっしゃらないが、毎晩のようにお出かけになるのもおかしいとお思いになるだろう、故兄宮が亡くなられるまで非難をお受けになったのも、あの女と親しくなさったからだと思って気兼ねなさるというのも、実は女の事をそれほど情愛深く思ってはいらっしゃらないのだろう。暗くなった頃にお返事が来た。

『『思いもよらぬ』などと言わず、『一筋に待っています』とでも言ってくれたら、ためらったりせずまっすぐにあなたの所に行くのにね。

そうも行かないのを情が薄いと思われるというのが辛いことだ」とあるのを見て、「いえ、こちらでは、

そのような御様子である事も不満であるというわけでもございません。こうした仲であるのも前世からの約束でございましょう。

とは思っておりますけれど、あんな事でも申上げて気持をなだめなければちょっと……」と申上げた。

【校訂考】

A底本「さき」。寛元本・応永本「えに」。原字母から変化しての誤写と見て改訂。【補説】参照。

【他出和歌】

新勅撰集八二三、あしたにつかはしける、「恋といへば……」。八二四、返し、「世の常の……思ふ身なれば」。

正集八六八、人の返事に、「世の常の……」。

正集八六九、夕暮に聞えさする、「待たましも……」。

【語釈】**一**「身のうき」は注二の古今六帖詠を引く。「いふかひもなき」は宮の贈歌第四句を我が身に転じて応ずる。**二**「何事も言はれざりけり身のうきはおひたる芦のねのみなかれて」（古今六帖一六八九）による。「涅《うき》」（泥沼。↓一一段注三〇）に「憂き」を、「根のみ流れて」に「音のみ泣かれて」をかけた右の古歌をふまえた措辞。**三** 右近の尉。右近衛府の三等官（将監）。**四**「せ」は使役。**五** 便なき。不都合である。**六** 殿舎の四隅にある両開きの戸。**七** 藁縄を渦に巻いて組んだ敷物。わらふだ。円座。**八** 奥に引込みがちな。消極的な。**九** 間が悪く格好がつかない。**一〇** 以前の愛人。宮はこれを他称として用いたが、女はこれを宮の自称に取りなして切り返す。**一一** 完了の助動詞「つ」の未然形に付いて、未だ成立しない条件を仮定的にあらわす。「明かしてしまったならば」。**一二**「夜になるとすぐに」と、「何かにつけていつも（世と共に）」とをかける。**一三**「まして後の世語りなどとは」の意。**一四** 外出。宮の自敬表現と見えるが、如何。【補説】参照。**一五** 配慮。**一六** 物音を立てずに動作するさま。**一七** 筋道が立たず、判断のしようのない意。**一八** 為尊親王。**一九** 事実に反した事を仮設して想像する意。反実仮想の助動詞。二〇　大納言左大将小一條済時二女。栄花物語巻八はつはな・大鏡師尹伝中に見える。二七段【補説】参照。二一　通常の夫婦和合の関係。三　「弾正宮うちはへ御夜歩きの恐しさを、世の人安からずあいなきことなりと、さかしらに聞えさせつる、（中略）あさましかりつる御夜歩きのしるしにや、いみじうわづらはせ給ひて、うせ給ひぬ」（栄花物語巻七とりべ野）。三　（女の事を）情愛深く親密には。二四　「明けぬれば帰り給ひぬ。すなはち」の後朝の文と対応し、この一日の両者の心情を暗示する。二五　一途に。贈歌「待たましも」の反実仮想に対する反論。二六　躊躇せず。二七　寛元本・応永本「いも」。【補説】参照。二八　「全くどうしようもない」の意。「慰むる言の葉にだにかからずは今も消ぬべき露の命を」（後撰集一〇三二、読人しらず）。【補説】参照。

【補説】　きわめて抑制された筆づかいで、文のやりとりから最初の交接、以後の宮側の事情による無沙汰の状況が語られる。はじめての対面、宮の装束描写のありそうな所であるが、「なべての御さまにはあらず、なまめかし」とのみ。以後全編を通じ、宮には八・一八段に簡略ながら要を得た記述を見るが、女の衣裳にはついに一箇所の言及もない。これは女流日記文学においてきわめて異例であるが、にもかかわらず読者はそれに全く気づかず、宮の艶姿とそれに見合う女の容色を想像しつつこの作品を読むであろう（解説五―2参照）。従来注目されていない点であるが、作者の意図が外見でなく二人の心の交流にあった事を雄弁に物語る現象である。

「語らはば」詠以下、唱和に、会話に、相手の言葉を用いながら巧みに切り返し、はぐらかしつつ反論、自己主張をして行く呼吸の妙は、当代男女交際の文化の高さを如実に示している。注二四の「かろぐ〵しき御ありき」は宮の自敬表現と見られてやや不自然、寛元本・応永本では「御」を省くが、あるいは書き手の「女」の心情として、思わず敬体を取ったものか。

初段の宮の高揚した口吻、「声は変らぬものと知らずや」、本段、初夜の後「明けぬれば帰り給ひぬ。すなはち、『今の程もいかが』」の性急さ（解説五―1参照）、それでいて一転しての無沙汰など、若々しい貴人のプライドと無邪気な手前勝手さが生き〳〵と描写され、これに対し女も従い耐えるばかりでなく「待たましもかばかりこそはあらましか」と、宮の意表を衝くような形で反論する。「そんなにひねくれないで、素直に『待つ』と言えばすぐ飛んで行くのに」「いえ、そう深刻に思いつめているわけでもありませんけど、ちょっとこれぐらいは言ってあげなければね」。――終始、このような緊張感を保ち、相互のギャップに悩みつつもこの恋を育てて行く二人。そこに、本記独自の愛の姿がある。

注二七に示したように、宮の返歌「君」に「いも」の異文があるが、ここではまだ女の事を「妹」と呼ぶほど親しい関係にはなっておらず、異文は後人のさかしらな改訂と認めてとらない。一方【校訂考】A底本「さき」は意味不明、原字母「衣仁《えに》→左支《さき》→左起」の経路での誤写と見て改訂した。

最後の女の返しは、注二八後撰集詠の表現を換骨奪胎、「かからずは→かかれども」、「慰むる→慰めずは」、「露の命を→露（も心がおさまらないものですから）」と巧みに言いまわして、しおらしげに見せつつはっきりと自己主張している。状況に即した鮮かな会話術である。

三　折過ぎてさてもこそ止め

おはしまさんとおぼしめせど、一うゐ《(初)》〳〵しうのみおぼされて、日ごろになりぬ。」六ウ

つごもり《(晦日)》の日、女、

　ほとゝぎすよにかくれたる二しのびね《(忍音)》を
　いつかはきかん三けふもすぎなば

ときこえさせたれど、人〳〵あまたさぶらひけるほどにて、え御ら《(覧)》むぜさせず。四つとめてもてまい《(ゐ)》りたれば、みたまひて、

　しのびねはくるしきものを時鳥
　五こだか《(木高)》きこゑをけふよりはきけ

とて、二三日ありてしのびてわたらせたまへり。

宮は女の所へ行こうとはお思いになるが、何となく気恥かしく工合が悪くお感じになって、何日もたってしまった。

四月晦日の日、女から、

「四月中は世間を憚って低い声でしか鳴かない時鳥、そのように人聞きを気にしてこっそりとしかお声をかけて下さらない宮様よ。今日、晦日が過ぎ五月になれば、時鳥は高音で鳴くでしょうが、宮様のお声はいつ聞く事ができましょう、心許ない事です」

と童を通してお便りしたけれど、宮の御前には何人もが祇候していたものだから、取次の者もお目にかける事ができない。翌朝になって持参したので、御覧になって、

「時鳥も私も、そっと低い声で鳴く事は苦しいのだよ。世間に構わぬ高い声を、さあ、今日五月一日からは聞

女は六ものへまい《ゐ》らんとてさうじ《精進》したるうちに、いとまど《間遠》をなるも心ざしなきな」七オめりとおもへば、ことにものなどもきこえで、ほとけ《仏》にことづけたてまつりてあかしつ。

つとめて、「めづらかにてあかしつる」などのたまはせて、

「いさやまだかゝるみちをばしらぬかな
七あひてもあはであかすものとは

あさましく」とあり。さぞあさましきやうにおぼしつらんといとお《ほ》しくて、

八「よとゝもに物おもふ人はよるとても
うちとけて九めのあふ時もなし

めづらかにもおもふ玉《う給》へず」ときこえつ。

又の」七ウ日、「けふやものへはまい《ゐ》り給ふ。さ

くがよい」

とおっしゃって、二三日たってお忍びでおいでになった。女は物詣でに行こうと思って精進している時だった上に、宮様からのお便りが大変間遠なのもお気持が薄いのだろうと思っているので、特に取立てたお返事もせず、仏事を口実にして夜を明かした。

翌朝、「思いもよらぬ取扱いで夜を明かした」などとおっしゃって、

「いやはや、今までこんな出会いの道があるとは知らなかったよ。せっかく逢ったのに、逢いもせずに夜明かしするなんて。

あきれたものだ」と言っておよこしになる。さぞひどい目に逢ったとお思いだったろうとお気の毒で、

「逢うとか逢わないとかおっしゃいますが、私のように夜昼なく物思いに沈んでいる人間は、夜だからといって安らかにまぶたを合わせて寝る時もございません。そのように、宮様とだけでなく誰とでも、男女の語らいなどする折はないのでございます。

ていつか返《帰》り・給ふ・べからん。いかにましておぼつかなからん」とあれば、

「お《を》[一〇]りすぎてさてもこそやめ《止》[一一]さみだれて
こよひ[一二]あやめのねをやかけまし

とこそ思[一三]・ひたまふべかりぬべけれ」ときこえて。

[一四]まい《ゐ》りて[A]二三日ばかりありて返《帰》り・たれば、宮より、「いとおぼつかなくなりにければ、まい《ゐ》りてと思ひたまふるを、[一五]いと心うかりしにこそ、ものうくはづかしうおぼえて。いとを《疎》[一六]ろかなるにこそなりぬべけれど、日ごろは」八オ

[一七]すぐすをもわすれやすると程[一八]ふれば
いと恋しさにけふはまけなん

あさからぬ心のほどを、さりとも[一九]」とある御かへり、

ですから『逢ひても逢はで』なんて珍しくもございませんわ」と申上げた。

翌日、「それでは今日、物詣でにお出かけですか。一体いつお帰りでしょう。お留守の間はまして、どんなに心淋しいでしょうか」とお手紙があるので、

「(まあ、何てなまぬるいおっしゃり方でしょう。)『ぐずぐずして、機会を取り逃してはいけないぞ。五月雨の降る五月五日の今宵、菖蒲の根を袖に掛けるように、有無を言わせず乱れかかってあなたと寝てしまおう』と、それぐらいのお気持にはなって下さってもよさそうなものですのにねえ」と申上げた。

さて参詣をすませて、二三日ほどして帰ったら、宮様から、「大変御無沙汰になってしまったので、お訪ねしようと思いながら、全く手ひどく叱られましたので、工合悪くはずかしく思いまして。本当に遠々しいようになってしまいましたが、この数日は、

あなたが『機会を取り逃す』と機嫌を損ねられた事をも、暫くしたら忘れて下さるかと時間を置いています

三〇　まくるともみえぬものから玉かづら《鬘》
　　とふひとすぢもたえまがちにて

ときこえたり。

宮、れい《例》のしのびておはしまいたり。女、さしもやはとおもふうちに、日ごろのをこなひ《お》に三一こう《困》じてうちまどろみたるほどに、かど《門》をたゝくにきゝつくる人もなし。三二きこしめすことゞもあれば、人のあるにやとおぼしめして、やをらかへらせ給」八ウひて、つとめて、

「あけざりしまき《真木》のとぐち《戸口》にたちながら
　つらき心の三三ため《例》しとぞみし

うきはこれにやと思ふもあはれになん」とあり。よべ《昨夜》おはしましけるなめりかし、心もなくね《寝》にける物かなと思ふ。御返り、

と、もう恋しくて仕方がない、今日はあなたの言い分に負けてお手紙を差上げましょう。
決して浅くはない私の心を、いくら何でもわかって下さるでしょう」と言っておよこしになったお返事、

「負けたとおっしゃるけれど、そうとも見えませんわ。引っぱると一筋にこちらに来る玉鬘とは違って、おたずね下さるほんの一通のお手紙すら絶え間がちなんですもの」

と申上げた。

宮は例によってお忍びでいらっしゃった。女は、まさかそんなすぐにはと思う上に、この所数日の勤行に疲れてうとうととしている間に、門をたたくけれど、聞きつける者もいない。宮は女の男性関係についてお聞きになっている事もあるので、男が来ているのかとお思いになって、そのままそっとお帰りになって、翌朝、

「たたいたのに開けてもくれなかった、あなたの木戸の口に立ちんぼうをしていながら、これこそあなたの冷淡な心の証明だと思いましたよ。

いかでかはまき[二四]のとぐちをさし《鎖》ながら
つらきこゝろのありなしをみん

を《お》しはからせ給ふ・[二五]めるこそ、みせ[二六]たらば」とあり。

こよひもおはしまさまほしけれど、」九ォかゝる御ありきを人〳〵もせい《制》しきこゆるうちに、内[二七]、大殿、春宮などのきこしめさんこともかろ〲しうおぼしつつむほどに、いとはるかなり。

片恋の情なさはまさにこれだろうと思うのも、我ながらみじめですよ」とお手紙がある。昨夜いらっしゃったのだろうな、不注意にも寝込んでいたことよ、と思う。御返事には、

「あらどうして、木戸の口もきっちり閉まったままで、冷淡な心があるやらないやらおわかりになったでしょうか（私は何も言っておりませんのに）。御邪推が過ぎますわ、私の本心をお目にかけたら……」と申上げた。

今夜も行きたいとお思いになったけれど、こういうお出ましを周囲の人々もお止め申上げる上に、帝や道長公、春宮などのお耳に入るのも軽々しく工合が悪いと自制なさるために、訪問も大変間遠になる。

【校訂考】

A底本「まいりて二三日はかりありて」と「二」を見せ消ち。寛元本「二三日」、応永本「三日」。「二三日」を妥当と見て改めず。

【語釈】一　初々しう。初心らしくぎごちない意。二　こっそり鳴く声。時鳥は四月中は卯の花の蔭にかくれて低く地鳴きするものとされた。「卯の花の蔭にかくれて今日までぞ山時鳥声は惜しまむ」（元真集一八〇）三　四月晦日。四　五月朔日朝。五　木高き声。五月朔日から時鳥は高音に鳴くとされた。「音羽山今朝越え来れば時鳥梢はるかに今ぞ鳴くなる」（古今集一四二、友則）六　物詣での準備段階としての物忌の生活。七　「あ」を頭韻として、詞とも四回繰返し、「呆れてあいた口がふさがらない」意を巧みに表現した技巧。八　何かにつけて。いつでも。九　「眼の合う」と「妻《め》の逢う」をかける。一〇　女が、かくあってほしいと望む恋人の態度を、恋人に代って詠んだ歌。「もこそ」は「そうなっては困る」事態を予想し危惧する意。一一　「五月雨」に「然《さ》、乱れ」をかける。一二　五月五日の景物、菖蒲の「根」に、女と寝る意をかける。一三　「思ひ給ふべくありぬべけれ」——「当然お思いになってよいはずですのに」の意。一四　物詣でに。一五　「折過ぎて」の歌で、恋人としての熱意の不足をとがめられた事をさす。一六　おろそか。一七　「折過ぎて」云々の叱責事件。一八　冷却期間を置いてみたが。一九　「見給ふらん」の気持を省略する。二〇　「今日は負けなん」を受け、同時に「繰る・来る」をかけて、「玉鬘・訪ふ」を引出す。二一　物詣での疲労によって。二二　女の男性関係について。二三　証拠。二四　贈歌の「戸口」を受けつつ、「口をとざしながら」の意をかけ、「私は何も言っていないのにどうしてその心中がわかるのか」と反論の意を含ませる。二五　推量の助動詞。断定を避けた婉曲表現。二六　「人知れぬ心の内を見せたらば今までつらき人はあらじな」（拾遺集六七二、読人しらず）二七　一条天皇・道長・居貞親王（春宮、のち三条天皇）。五段「世の中御覧じはつる」云々参照。

【補説】本段の解釈は諸注釈いずれも意に満たないので、私解をもって訳した。詳しい考説は解説七―1を参照されたい。

初会の後も、「故宮」の存在を意識しつつ、相互の緊張関係は続く。「木高き声を今日よりは聞け」と勇ましく言挙げしながら、宮の訪問は「二三日ありて」ようやくの事。苛立ち、物詣で精進にかこつけて交情を拒否した女に対しても、その反応は腫れ物にさわるように微温的で、行動で精進を破ろうともせず帰邸した。翌日の消息も、帰宅予定をたずね、留守中の恋しさを予想するのみ。――故宮ならこんな対応はあるまい。女の予定など物ともせず、昨夜のうちに強いてでも逢瀬を遂げられたはず。そういう男の為なら、半ば口実に過ぎぬ物詣でなど放棄して悔いないのに――。その腹立たしさ、悲しさが思わずもほとばしったのが、女の返書である。

「折過ぎて」の歌は、玉井『新註』（昭24）が早く示した解釈が正しい。すなわちこれは、女が宮になりかわって、彼女の望む恋人のあり方を詠じた「代詠」である。それは続く捨てぜりふ、「とこそ思ひたまふべかりぬべけれ」の秀抜な玉井現代語訳、「と思うて下さりさうなものでございますのに」で明白である。――私はこういう歌をこそいただきたかったのに。物詣でなんて、そんな事、どうでもいいのよ、押し切って愛して下さるなら。ほら、これぐらいの歌、詠んで下さいよ――。奇矯と聞えるかもしれない。しかし、女は一四段に宮も認める代詠の名手、かつ、一三段、来訪に気づかなかった失態を回復すべく、謝罪ならぬ、当時書き綴っていた感想文をそのまま贈って成功する才気の持主である。これぐらいの芸当での自己主張はあっておかしくない。以上、早く玉井『新註』に示された解釈ながら、以後顧みられていない事を惜しんで再説した。

宮の次の歌「過ぐすをも」は「折過ぎて」を受けて、「そのように叱責された失敗をも」の意。従って「忘れやする」は「あなたが私の情熱不足に腹を立てた、『折過ぎて』の歌の件をも、もう忘れて水に流してくれるかと」である。「私があなたを忘れるかと」とする従来の解（玉井説では「貴女が私を」）では、「をも」の存在が説明できない。なお、私説は早く「『和泉式部日記』読解考」（国語国文、昭61・4。『宮廷女流文学読解考総論中古編』平11所収）に発表しているが、いまだに当否の反響を見ない。よろしく批正を乞いたい。以上、解説七―1参照。

最後の「まきの戸口」の贈答、応永本では答歌を「まきの板戸」とし、「君やこむ我やゆかむのいさよひにまきの板戸もささず寝にけり」（古今集六九〇、読人しらず）によって応永本を正しいかとする説があるが（森田兼吉『日記文学論叢』平18、P.182）、式部には「しるければ枕だにせで寝るものをまきの戸口や言はむとすらむ」（正集七〇七）の詠もあり、注四に示した含意、「戸口を閉ざす」と「口を閉ざす――何も言わない」をかけた技巧も伴って、「まきの戸口」を正しいとすべきであろう。

四　おのがたゞ身を知る雨

雨うちふりていとつれ〴〵なる日比、女はくもま《雲間》なきながめ[一]に、世[二]のなかをいかになりぬるならんとつきせずながめて、すきごと《好色事》する人〳〵はあまたあれど、たゞいまはともかくもおもはぬを、世の人はさま〴〵にいふめれど、身[三]のあれば

雨がしと〳〵降って全く所在ない数日、女は雲の切れ間もない長雨の様子に、自分の人生をどうなってしまうことかと、とめどなく考え込んで、色めいた事を言ってよこす人はたくさんあるけれども、今の状態では別に何とも思わないでいるのに、世間の人はあれこれとうわさするようだが、自分が出家もせずこうしているからこそ何とか言われるのだ、仕方がないと思って無視している。

こそとおもひてすぐす。
宮より、「雨のつれ〴〵はいかに」とて、」九ウ
おほかたにさみだるゝとやおもふらん
君こひわたるけふのながめを
とあれば、お《(を)》りをすぐし給はぬをゝ《(を)》かしとおもふ。
あはれなるおりしもと思ひて、
しのぶらんものともしらでを《(お)》のがたゞ
四身をしる雨とおもひけるかな
とかきて、かみのひとへをひきかへして、
五「ふればよのいとゞうさのみしらるゝに
けふのながめに水まさらなん
六まちとるきし《(岸)》や」ときこえたるを御らむ《(覧)》じて、た
ちかへり、」一〇オ
「なにせんに身をさへすてんと思ふらん

宮様から、「この雨の日の淋しさを、どう過していますか」とおっしゃって、

「季節だから当然の事として降るこの五月雨だとお思いでしょうか。あなたが恋しくてつく〴〵空を眺めている、その眼から流れる涙の雨ですのにね」

とお歌があるので、さすが、季節を逃さぬお心を嬉しいと思う。心にしみるような折にもいただいたお手紙よと思って、

「宮様がそんなに思って下さっている故のものとも気づきませんで、私はただ、拙ない自分の身の程を知らせるために降る雨だと思っておりましたわ」

と書いて、その紙の一枚を裏返して、

「生きておりますと、この世間の憂さ辛さばかり一入感じられますので、いっそ流れ失せてしまいたく、今日の長雨に川の水が洪水になればいいと思います。

そうしたら流れ着くのを待って拾ってくれる岸がありますかしら」と申上げたのを、宮様は御覧になって即座に、

「一体何で、そんなに大事な身体をさえ捨てようと思

七あめ《(天)》のした《(下)》には君のみやふる
たれもうき世をや」とあり。

八五月五日になりぬ。雨なを《(ほ)》やまず。九一日の御かへりのつねよりもものおもひたるさまなりしをあはれとおぼしいでゝ《(て)》、いたうふりあかしたるつとめて、「こよひのあめのをと《(お)》はAいと一〇をど《(お)》ろ〳〵しかりつるを」などの給《(宣)》はせたれば、

「よもすがらなにごとをかはおもひつる
二まどうつ雨のをとをきゝつゝ
かげにゐながらあやしきまでなん」ときこえ」一〇ウ
させたれば、なを《(ほ)》いふかひなくはあらずかしとおぼして、御かへり、

われもさぞおもひやりつる雨のをとを
させる三つまなきやどはいかにと

うのですか。雨がひどく降るからといって、その下

——この世の中には、あなた一人生きているのではない。

誰だってそれぞれに辛い憂世なのですよ」と言って下さった。

五月五日になった。雨はまだ止まない。先日のお返事の、いつもよりも思い沈んだ様子であったのをかわいそうな事とお思い出しになって、大変ひどく一晩中降り明かした早朝、「今夜の雨の音は全く恐しい程だったが、どうしていますか」などと言って下さったので、

「一晩中、何を考えておりましたでしょうか。窓に打ちつける雨の音を聞きながら、ただ思うのは宮様の事ばかりでございました。

屋根の下にいながら、そして宮様のやさしいお心遣いをいただいていると知りながら、不思議な程袖が濡れてしまいました。(雨でしょうか、涙でしょうか)」と申上げたのを、やはり相手にする甲斐のない女ではないことよとお思いになって、お返事には、

ひるつかた、川の水まさりたりとて人人みる。
宮も御らむ《(覧)》じて、「たゞいまいかゞ。水み《(見)》になん
いきはべる。
　おほ《(大)》水のきし[三]つきたるにくらぶれど
　ふかきこゝろはわれぞまされる
さはしりたまへりや」とあり。御返り、
「いまはよもきし[四]もせじかしおほ水の」一一オ
　ふかき心は川[五]とみせつゝ
かひなくなん」ときこえさせたり。

「私もそのように思いやりながら、雨の音を聞いていたのだよ、しっかりした屋根もないあなたの家はどうだろう、頼る人もなくて心細いだろうと思って」

昼頃、賀茂川が増水したというので、みんな見に行く。宮も御覧になって、「たった今、どうしておいでですか。私は水を見に行きましたよ。

大水が川岸ひた〱になっているのとくらべて見たけれど、『深い』という点では川水よりも私の心の方がずっとまさっていましたよ。

そうとおわかりでしょうか」とお便りがあった。お返事には、

「今はもう来ても下さらないのでしょうね。大水のように深いお気持はこの川の通りだよ、と見せるような事を、口ではおっしゃりながら。

それだけでは何の甲斐もありませんわ」と申上げた。

【校訂考】

A底本「こよひのあめのをとはいと」と見せ消ち。寛元本「をとはいと」を欠き、応永本「をとはいと」。「いと」

あるを妥当と見て削除に従わず。

【他出和歌】

正集二二八、大雨の朝、よひはいかがと宮よりある、御返事、「よもすがら……」。

正集二二九、返し、「我もさぞ……よもすがら……」。

【語釈】**一**「長雨」に「眺め」（物思いにふけって、じっと一点を見つめている状態）をかける。後の宮の詠「ながめ」も同義。**二** 人生、また男女の仲。**三**「いづかたに行きかくれなん世の中に身のあればこそ人も辛けれ」（古今六帖二一二二）**四** 自分の分際を思い知らせるように降る雨。「数々に思ひ思はず問ひがたみ身をしる雨は降りぞまされる」（伊勢物語一八五、古今集七〇五、業平）**五**「降れば」と「経れば」をかける。**六** 三途の川を渡る往生者を待ち迎える彼岸を暗示する。引歌あるかと思われるが未詳。**七**「天」と「雨」、「経る」と「降る」をかける。**八** この日付、不審。【補説】参照。**九** 先日。**一〇** 音が騒がしい意。**一一**「蕭蕭暗雨打窓声」（和漢朗詠集二三三、白）「恋しくは夢にも人を見るべきに窓打つ雨に目をさましつつ」（高遠集二六九）**一二** 軒の端。「夫《つま》」をかける。**一三**「棹させど底ひもしらぬわたつ海の深き心を君は知らなん」（古今六帖一七五五、貫之）。「岸つきたる」は岸まで浸す意。**一四** 贈歌の「岸」を「来しも」に取りなす。**一五**「彼《か》は」（あれは）をかけ、宮が自身の恋心の深さにくらべた贈歌に反論。

【補説】緊張から一転、季節の長雨に寄せて、しみ〴〵とやさしい交情が語られる。訪問こそないものの、四組の唱和、いずれも表面上は相手の言葉に反撥する形式になっているけれども、それは相聞歌に常套の技巧であって、前段のような険しさはない。雨の降り方に応じてさまざまの形で女を見舞う宮。ことにも前回「戸口をたゝきわび」て空しく帰り、女も「好色《すき》事する人々」あまたの存在は認めているのに、「させるつまなき宿はいかにと」と言うあたり、女に鍛えられて宮もなかく\隅に置けなくなったと微笑を誘われる。

「五月五日になりぬ」は、前段が四月晦日から半月近くの日数を経過しているような描写である点や、現実の京洛洪水は五月十九日夜〜二十日である点（本朝世紀・扶桑略記）から矛盾が指摘されている事、『全講』に詳しい。

五　出でさせ給ふはいづちぞ

おはしまさむとおぼしめして、たき物《（薫）》などせさせ給ふほどに、侍従のめのと《（乳母）》まうのぼりて、「いでさせ給ふはいづちぞ。このこと人く\申すなるは、なにのやうごとなきゝは《（際）》にもあらず。つかはせ給はんとおぼしめさんかぎりは、めしてこそつ

行ってやろうとお思いになって、お召物に香を薫きこめたりさせていらっしゃると、侍従の乳母が参上して、「お出ましになるのはどちらですか。この事を皆が申すのによりますと、何程身分のある女でもございません。御寵愛なさろうと思召すそれだけの事なら、御殿にお呼びになってお使いになればよろしいではありませんか。軽々しい御外出は本当に見苦しい事でございます。その

かはせ給はめ。かろ〴〵しき御ありきはいとみぐるしきこと也。そがなかにも、人〴〵あまたきかよふ《(来通)》所なり。びん《(便)》なきこともいでまうできなん。すべてよくも」一一ウあらぬことは三右近のぜう《(尉)》なにがし《(某)》がしはじむることとなり。四こ《(故)》宮をもこれこそゐて《(率)》ありきたてまつりしか。よる夜なかとありかせ給ひてはよきことやはある。かゝる御とも《(伴)》にありかむ人は、五大との《(殿)》にも申さん。世の中はけふあす《(今日明日)》ともしらずかはりぬべかめるを、六とのゝ《(殿の)》おぼしをき《(置)》つることもあるを、世のなか御らむ《(覧)》じはつるまでは、かゝる御ありきなくてこそおはしまさめ」ときこえ玉《(給)》へば、「いづちかいかん。つれ〴〵なればはかなきすさびごとするにこそあれ。こと〴〵しう人は」一二オいふべきにもあらず」と

中でも、あれは色々な男が通って来る家でございます。工合の悪い事も起って参りましょう。そもそもよろしくない事は、あの右近の尉何とかという者がやり始めるのでございます。故宮様も、あの者があちこちお連れまわし申上げたのです。夜《よる》夜中にお出歩きになっては、よい事のあるはずがありません。こんなお供をして歩く者の事は、大殿にも申上げましょう。世間の様子は、今日明日と言わず、いつ変るかわかりませんのに、故殿がお考えになっていた事もございますから、世の中がこうと決まってしまうまでは、こんなお出歩きはなさらずにいて下さいませ」と申上げられると、「別におかしな所に行くわけじゃないよ。退屈だからちょっとした気晴しをするだけだ。大げさにまわりが騒ぎ立てる事はないさ」とだけおっしゃって、「どうしてか人に好く言われない女だ。でも本当は、どうにも仕様がないような者ではない。乳母の言うように呼寄せて置こうか」とお思いになるけれど、それも又今以上に評判の悪い事かも知れないといろ〳〵むずかしくお考えになっている間に、すっかり疎

ばかりのたまひて、あやしうすげ七なきものにこそあれ。さるはいとくちおし《を》うなどはあらぬ物にこそあれ。よびてやを《お》きたらましとおぼせど、さてもましてきゝにくゝぞあらんとおぼしみだるゝほどに、おぼつかなうなりぬ。

遠になってしまわれた。

【語釈】 **一**　「やむごとなき」の音便形。大切にしなければいけない。身分の高い。**二**　諸注釈「すべて」「女は全部」の意とするが、限定をあらわす「(寵愛する)だけ」の意と取った。如何。**三**　→二段注三。**四**　為尊親王。**五**　道長。**六**　宮の祖父、兼家が思い定めて置いた事。皇位交替、新春宮詮衡を意味する。【補説】参照。**七**　(人から)相手にされない意。

【補説】　舞台は変って、宮邸での乳母の諫言は、もとより「女」の知らぬ事であるはずだが、いかにもそれらしく、生き〳〵と書けている。本作を自作「日記」ならぬ、他作「物語」とする見方、また「超越的視点の問題」が考察される(全講P.476以下)所以である。しかし、乳母の論拠は当時の常識としてまさに当然であり、三段に見た「代詠」の名手和泉式部にしてみれば、宮の無沙汰について、このような場面を想像し、リアルに描く事は、さほど難事ではなかったであろう。

乳母は諫言の強い根拠として、皇位問題をほのめかしている。三段末尾にも、「内、大殿、春宮などのきこしめさんこともかろぐ〱しう」とあったが、長保五年当時の貴種の状況を見るに、次の系図の如くであって（人名の下の数字は当年の年齢）、一条帝の在位はすでに十八年。春宮（三条帝）の方が4歳年長、という不自然な年齢関係からしても、皇位交替がささやかれても無理ではなく、その際の春宮候補としては敦道が有力、というのも、年齢的に見て、あながち乳母のひいき目ばかりとも言えまい。

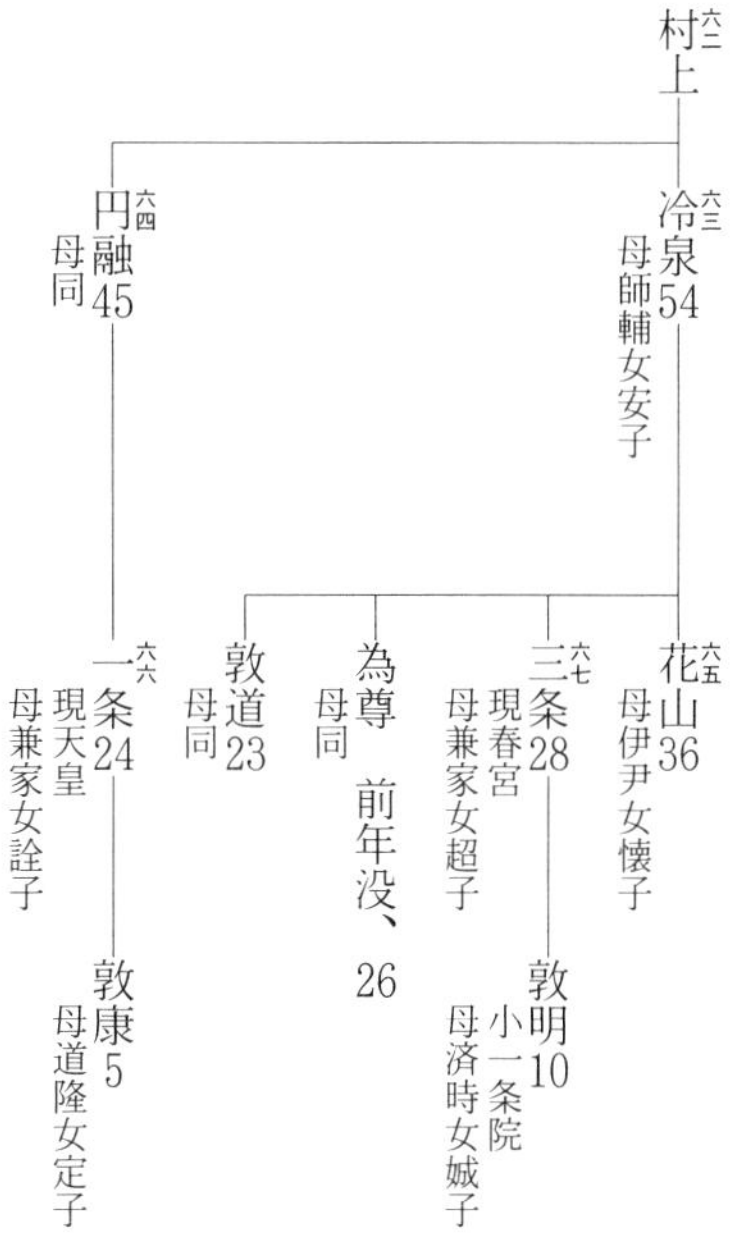

十三年前、正暦元年（九九〇）に没した祖父兼家が、超子腹の三条・為尊・敦道の三皇子を愛した事は、大鏡兼家伝・栄花物語巻三に見える。「殿」を兼家とするのに疑問を呈する向もあるが、「大殿」（道長）との呼び分けとしての「故殿」の意味で兼家が妥当であろう。「思し置きつる」の表現からもそのように考える（「思し掟つる」では皇位に対し不穏当であろう）。

このような状況を含め、乳母の諫言は作者の創作としても臨場感豊かで説得力があり、以後種々の形で逢瀬をはかる宮の苦衷を裏書きして効果的である。

六　殺してもなほ飽かぬかな

A 一からうじておはしまして、「あさましく、心よりほかにおぼつかなくなりぬるを、をろか《（疎）》になおぼしそ。二御あやまちとなん思ふ。かくまい《（ゐ）》りくること、び《（便）》むあしと思ふ・人〳〵あまたあるやうにきけば、いとお《（ほ）》しくなん。おほかた《（大方）》も」一二ウつゝましきうちに、三いとゞほどへ《（経）》ぬる」と、まめやかに御ものがたり《（物語）》し給ひて・「四いざたまへ、こよひばかり。人もみぬ所あり。心のどかにものなどもきこえん」とて、車をさしよせてたゞ五のせにのせ給へ

宮はやっとの思いでおいでになって、「我ながら呆れるほど、思いの外の御無沙汰になってしまったのを、おろそかにしていると思って下さるなよ。あなたにも罪がおありだと思う。私がこうやって御たずねするのを、不都合だと思う人々が何人もあるように聞くものだから、それも工合が悪いのでね。そうでなくてもこんな出歩きは気がとがめるものだから、大変時間がたってしまったよ」と、実意をこめてお話し下さって、「さあいらっしゃい、今夜だけの事だから。誰も見たりしない所がある。ゆっくり落着いてお話などもしましょう」とおっしゃって、車を近く寄せて文句を言わせずお乗せになるので、分別のひまもなく乗ってしまった。こんな事をして、人

ば、我にもあらでのりぬ。人[六]もこそきけと思ふ〳〵いけば、いたう[B]ふけにければしる人もなし。

やをら人[七]もなきらう《廊》にさしよせておりさせ給ひ•ぬ。月もいとあかければ、「おりね」としゐ《ひ》てのたまへば、あさましきやうにておりぬ。「[八]さりや、人もなき所ぞかし。いまよりは」一三オ かやうにて[九]をきこえん。[一〇]人などのあるおり《を》にやと思へばつゝましう」など、ものがたりあはれにし玉《給》ひて、あけぬればくるまよせてのせ給ひて•、「御を《送》くりにもまい《ゐ》るべけれど、あかくなりぬべければ。[一一]ほかにありと人のみんもあ[一二]いなくなん」とてとゞまらせ給ひぬ•。

女、みちすがら、あやしのありき《歩》や、人いかにおもはむと思ふ。あけぼのゝ御すがたのなべてな

も聞くだろうに、困ったと思いながら行くと、大変夜も更けてしまったから気付く人もいない。

　こっそりと人気のない廊に車を寄せてお下りになった。月も大層明るくさしているので（ためらったけれど）、「下りなさい」と強いておっしゃるから、みっともないような様子で下りた。「ほらごらん、誰もいない所だよ。これからはこういう風にしてお会いしよう。あなたの所では、もし誰か来ている時でもあるかと思って気がとがめるもの」などと、お話をしみじみとなさって、夜が明けると車を寄せてお乗せ下さって、「送って行ってあげたい所だけれど、明るくなってしまいそうだから、止めておくよ。出かけていたと誰かが見ても工合が悪いからね」とおっしゃって、御殿にお残りになった。

　女は道々、不都合な外出だこと、みんな何と思うだろう、と思う。宮様の、早朝見送って下さったお姿のなみ〳〵でなくお美しかったのも思い出されて、「おいでいただく度、まだ暗い夜のうちに名残惜しくもお帰しするのはまだしもがまんできますけれど、朝

らずみえつるもおもひいでられて、

「よひごとにかへしはすともいかでなを《ほ》」一三ウ
あかつき《暁》おき《起》を君にせさせじ
くるしかりけり」とあれば、

「あさ露の一三おくる思ひにくらぶれば
一四たゞにかへらんよひはまされり

さらにかゝることはきかじ。よさり《夜》はかた《方》ふたがりたり。御むかへにまい《ゐ》らん」とあり。あな見ぐるし、つねにはと思へども、れいのくるまにておはしたり。さしよせて、「はや〳〵」とあれば、さもみぐるしきわざかなと思ふ〳〵ゐざりいでゝのりぬれば、よべ《昨夜》の所にてものがたりし給ふ。一五うへ《上》は、一六院の御かたにわたら《渡》」一四オせたまふとおぼす。あけぬれば、「一七とりのね《音》つらき」との給《宣》はせて、

早く起きて私を見送って下さるなんて、何としてもそんな事を、宮様にしていただきたくはありませんわ。だって曙の光の中のそのお姿を見ると、しんそこお別れが辛いのですもの」と申上げると、

「朝露の置く頃に起きて見送る、その名残惜しさとくらべてみると、せっかく行ったのに十分話もできず、すごすご帰る夜の情なさの方がずっと辛いよ。

あなたの言うことなんか聞くものか。今夜はそちらは方角が悪くて泊れないから、又お迎えに行こう」とおっしゃる。

ああ見っともないこと、そんなにいつもは、と思うけれど、例によって車でいらっしゃった。廊に寄せて、「さあ、早く乗って」とおっしゃるので、まあ何て見苦しいことだろうと思いながら、いざり出て乗ると、昨晩の所でいろいろとお話なさる。北の方はそうとはご存じなく、宮は院の御所にお出ましになったのだと思っていらっしゃる。

夜が明けてしまうと、「鳥の声が恨めしいなあ」とおっ

やをら[一八]たてまつりておはしぬ。みちすがら、「かやうならむお《を》りはかならず」とのたまはすれば、「つねはいかでか」ときこゆ。おはしましてかへらせ給ひぬ。しばしありて御ふみあり。「けさはとりのねにを《お》どろかされて、にくかりつれば[一九]ころしつ」との給はせて、とりのは《羽》ねに御ふみをつけて、

ころしても猶あかぬかなCにはとりの
お《を》りふししらぬけさの一こゑ」一四ウ

御かへし、

「いかにとはわれこそおもへあさな〳〵
なききかせつるとりのDつらさは

と思ひたまふるも、[二〇]にくからぬにや」とあり。

しゃって、そっと同車してお送り下さった。道々、「こういう折には又必ずね」とおっしゃるので、「さあ、そういつもはどうでございましょうか」と申上げた。家まで送って下さってお帰りになった。暫くしてお手紙がある。「今朝は鳥の声に起されてしまって、憎らしかったから殺してやったよ」とおっしゃって、鶏の羽にお手紙を付けて、

「殺してもまだ足りないぐらい憎らしいよ、鶏の、せっかくの楽しい時間をだいなしにした、今朝の一声を思うと」

お返事には、

「まあ、どんなに恨めしいかは私こそよく知っておりますわ、毎朝々々、宮様がおいでにならないままで夜が明けるよ、と鳴いて聞かせた鶏の無情さは。

と思いますにつけても、憎らしくない事がございましょうか」と申上げた。

【校訂考】

A底本「から。《う》して」。寛元本「からうして」、応永本「からして」。脱落と見て補入に従う。

B底本「。《よ》ふけにければ」。寛元本「よもふけにければ」、応永本「夜ふけにければ」。前文からして「夜」なる事言わずして明かと見て補入に従わず。

C底本「には《ねぬイ》とりの」。寛元本「ねくらとり」、応永本「ねぬ鳥の」。「二羽」と「一声」の対比とも見られ（新全集）、「寝ぬ」鳥である必然性も考えられないので、改めず。

D底本「とりのつら《心イ》さは」。寛元本「鳥をころせは」、応永本「とりのこゝろは」。後文「にくからぬにや」から見て、「つらさ」を妥当と考え、改めず。

【他出和歌】

正集八七〇、鳥の声にはかられて、急ぎ出でて、憎かりつれば殺しつ、とて、羽に文をつけて給へれば、「いかがとは……なをきかせつつとりのころせば」。

【語釈】 **一** 前段の乳母の強い諫言を受けての表現。**二** 女の責任。**三** ↓一段注二。**四** 誘引の言葉。さあ、いらっしゃい。**五** 一方的に強制して乗せる。「たゞ乗せ」に乗せるのであって、「たゞ、乗せに乗せ」るのではない。**六** ↓三段注一〇。**七** 宮邸、冷泉院南院の。【補説】参照。**八** 然《さ》ありや。自分の言動を確認する意。ほらね。**九** 強調の間投助詞。**一〇** 女の家への訪問者。**一一** 文はここで切れ、下に「止めておくよ」の意を含ませる。**一二** 本意でない。都合が悪い。**一三** 露の「置く」に、「起く」「送る」をかける。**一四** 何事もなく。**一五** 宮の正妃。↓二段注三〇。一六 父、冷泉院の居住される冷泉院本第。一七 「恋ひ恋ひてまれに逢ふ夜の暁は鳥の音つらきものにざりける」（古今六帖二七三〇） 一八 「車に乗る」意の敬語。 一九 『楽府詩集』読曲歌、「打㆓殺《シテ》長鳴《ノ》鶏《テ》㆒、弾《シ》去《ル》鳥臼鳥、願《ハクハ》得《テ》㆓連冥《ヲ》㆒不《レ》㆓復曙《ナラ》㆒、一年都《スベテ》一暁《ナルヲ》」によるか（古典全書）。 二〇 反語。「憎からぬにやあらぬ」の意。

【補説】 外泊を諫められた宮は、自邸での逢瀬を敢行する。これも危険ながら、一つの盲点ではあろう。このような行動、また典拠による諧謔で事実ではないにもせよ、別れを急がせた鶏を「殺した」と、その羽に文を付けてよこすなど（一七段にも、文使いに遅参した童を「殺してばや」と放言している）、兄為尊より温順と見えながら、やはり同じ情熱的な血の流れている事、女としてはそれを逆手に取って、逢瀬を中断した鳥の声よりも独り寝のままの朝を告げる鳥の音の方が辛い、と言いながらも、三段に見せた優柔不断さから脱したその態度に満足も覚えているであろう事がうかがえる。

小松登美『和泉式部集全釈』（平24）においては、正集八七〇詠の第四句「なをきかせつつ」を「なほきかせつる」と改めた上で、「これでせいせいしましたわ。……二人の仲をひきさいた鶏を殺して下さったのですもの」と訳して、「和泉への愛故にかうした行為をした宮の行為を、和泉が積極的に認め」たとする方が「彼女らしくはないだらうか」とする、新見解が示されている。

帥宮邸については、栄花物語巻四見果てぬ夢に、北の方との結婚を述べて「南の院に迎へ」たとあり、冷泉院南院・東三条院南院の両説があるが、本段に「上は冷泉院の御方に渡らせ給ふと思す」とあり、二七段にも正月冷泉院の拝礼の後、宮邸での御遊の事があって、冷泉院本院と至近距離の邸と思われるので、冷泉院南院とするのが妥当であろう。

七　恨み絶えせぬ仲となりなば

二三日《ふつかみか》ばかりありて、月のいみじうあかき夜、はし《端》にゐて見るほどに、「いかにぞ、月はみたまふや」とて、

　わがごとくおもひはいづや山のは《端》の
　月に[一]かけつゝなげくこゝろを

れいよりもをかしきうちに、宮にて[二]月のあかゝりしに、人やみ《見》けんと思ひいでら」一五ォるゝほどなりければ、御返し、

　ひと夜みし月ぞと思へばながむれど
　心も[三]ゆかず[四]めはそらにして

ときこえて、なを《ほ》ひとりながめゐたる程に、はか

二三日ほどして、月の大変明るい夜、端近にいてそれを眺めていると、「どうしていますか。月を見ておいでですか」とおっしゃって、

「私と同じように、先夜の事を思い出していて下さいますか。山際に近づいた月にかこつけながら、この恋の行く末を嘆いている、こんなにも切ない私の心でありますものを」

いつもよりも身にしみて面白い上に、御殿にうかがって月の明るかった夜、誰か見やしなかったかしらと思い出していた時だったから、お返事に、

「あの晩に見た、同じ月だと思いますので眺めてはおりますが、御一しょではないので心は慰みません。眼はあてどもなく宮様の御姿を求めて」

と申上げて、なおも一人で思い沈んでいるうちに、あっ

なくてあけぬ。

またの夜、おはしましたりけるも、こなたにはきかず。人〴〵[五]かた〴〵《片方》にすむ所なりければ、そなたにきたりける人の車を、[六]「くるま侍り」。人のきたりけるにこそとおぼしめす。むつかしけれどさすがにたえはてんとはおぼさゞりければ、御文つかはす。「[七]よべ《昨夜》はまい《ゐ》りきた」一五ウりとはきゝたまひけんや。それもえしり給はざりしにやと思ふにこそ、いといみじけれ」とて、

[八]まつ《松》山になみたかしとは見てしかど
けふのながめはたゞならぬかな

とあり。雨ふるほどなり。あやしかりけることかな、人のそら《虚》事をきこえたりけるにやとおもひて、

君をこそすゑ《末》[九]の松とはきゝわたれ

けなく夜は明けてしまった。

次の夜、おいでになったのだが、こちらでは聞きつけなかった。縁者が片一方の区画で結婚生活をしている所だったから、そちらに来た人の車を従者が見て、「車がございます」と言うので、誰か通って来たのだろうとお思いになる。不愉快だけれど、さすがに縁を切ってしまおうとはお思いにならなかったので、帰ってからお手紙をおやりになる。「昨晩は参上したとはお気がつきになったでしょうか。それもまるでご存じなかったのかと思うにつけても、全く面白くない事です」とお書きになって、

「末の松山に波が高い――どうせあなたの事だから、私以外の男達をも通わせているのだろうとは思っていたけれど、それにしても今日のこのじめ〴〵した天気の不快さは、一通りではないよ」

とある。雨の降っている時だった。おかしい、どうした事だろう。誰か、ありもしない事を申上げたのだろうかと思って、

「宮様をこそ、波の越さない末の松――たった一人の

[一〇]ひとしなみにはたれかこ《(越)》ゆべき
ときこえつ。宮はひと夜のことをなま心[一一]」一六オう
くおぼされて、ひさしくのたまはせで、かくぞ、

　つらしとも又恋しともさま〴〵に
　おもふことこそひまなかりけれ

御返りはきこゆべき事なきにはあらねど、わざと
おぼしめさんもはづかしうて、

　あふ事はとまれ[一二]かうまれなげかじを
　うらみたえせぬなかとなりなば[一三]

とぞきこえさする。

お方と、仰せを承わって思っておりました。それと同等、またそれ以上とは、一体誰をそんなふうに思いましょう」

と申上げた。宮様はその夜の事を、何か納得できずお思いになって、長いことお声をおかけにならないで、その上でこうおっしゃった。

「あなたの事を恨めしいとも、また恋しいとも、あれやこれやと思って、本当に思う事ばかり、絶えるひまもないのだよ」

お返事は、申上げたい事がないわけではないが、ことさら言いわけめいてお考えになるかと、それもはずかしいので、

「お目にかかる事は、今後どのようになりましょうとも嘆く事は致しますまいが、誤解のままでお互いに恨みが絶えない、そんな仲になりましたら本当に悲しゅうございます。どうぞそのようにはお思いにならないで下さいませ」

と申上げた。

【他出和歌】

新続古今集一五三七、月のあかき夜、人のとひたりけるに、「わがごとく……月影を見て……」。

正集八七一、月あかき夜、あるやうあり、「一夜見し月ぞと思へどながむれば心はゆかず……」。

正集八七二、人のかへりごとに、「君をこそ……思ひしか……」。

正集八七三、人に、「あふ事はとまれかくまれ……中となりせば」。

【語釈】一　関係をつける、口実とする意。二　六段「月もいとあかければ」に対応する。三　満足しない。四　月のかかる空と、「うわの空」の意とをかける。五　縁者の女性が住んで男を通わせている所。「かた〳〵」は「方々」ではなく「片方」であろう。「住む」は通い婚で結婚している意。六　「くるま侍り」は従者の言葉、「人の…」は宮の心中と解した。注五・六は【補説】参照。七　夜部。昨夜。八　「君をおきてあだし心を我が持たば末の松山波も越えなむ」（古今集一〇九三、陸奥歌）により、作者の男性関係をとがめる。「ながめ」は「長雨」に「物思い」の意をかける。九　古今集詠の誓言により、「波越えぬ末の松＝唯一絶対の愛人」の意。一〇　等し並。同格のもの。「波」をかけ、「越ゆ」を導く。一一　何となく不愉快に。一二　ともあれかくもあれ。いずれどちらにしても。一三　「どんなに悲しい事でしょうか」の意を含ませる。

【補説】「人〳〵かた〳〵にすむ」は、「人々があちこちの部屋に住んでいた」（新全集）意ではなく、「すむ」とは通い婚の成立を示すものである（古典全書）。すなわち、家の一方に住まう女性（妹か）が招婿婚を営んでいるので、さればこそその婿と宮との訪問がかち合って「車侍り」という状態が生ずるのである。その状況を考えるなら、

「かた〳〵」も「方々」――「あちらこちら」ではなく、「片方」と見る方が妥当であろう。

これに続く、「そなたに来たりける人の車を、車侍り、人の来たりけるにこそと思召す」の部分、「侍り」が宮の心中思惟としては不要の謙退語と見られるため、「そなたに人の来たりける車のあるを見て、人の来たりけるにこそ、車は侍りと聞ゆれば、うし、帰りなむとておはしましぬ。人の言ふことはまことにこそと思すも」（寛元本）、「そなたに人の来たりける車を御覧じて、人の侍るにこそ、車侍りと聞ゆれば、よし帰りなんとておはしましぬ。人の言ふはまことにこそと思すも」（応永本）の異文がある。一見、三条西家本の脱文とも思われるが、両本の異文は本段全体の、また日記全文に通ずる簡潔な力強さにくらべ、説明的、冗漫で、いかにも異質である。「車を、車侍り」の繰返しから見て、現代語訳に示したごとく、「車侍り」は従者の言葉、「人の来たりけるにこそ」を宮の心内語と考えた。如何。

八　人は草葉の露なれや

かくてのちも猶まどを《間遠》なり。月のあかき夜、うちふして「うらやましくも」などながめらるれば、宮に」一六ウきこゆ。

月をみてあれたるやどにながむとは

このような事があった後も、やはりお通いは間遠である。月の明るい夜、横になっていると、「うらやましくも澄める月かな」の古歌の気持でしみじみと眺められるので、宮様にお便りする。

「月を見て、荒れ果てた家で一人物思いに沈んでいる

見にこぬまでもたれにつげよと 二
三ひすましわらは《樋清童女》して、A「四右近のぜう《尉》にさしとらせ
てこ《来》」とてやる。御まへに人人して御ものがたり
しておはします程なりけり。人まかでなどして、
右近のぜうさしいでたれば、「れいの車に
さうぞく《装束》せさせよ」とておはします。
女はまだはし《端》に月ながめてゐたるほどに、人の
いりくれば、すだれ《簾》うちおろしてゐたれば、」一七オ
れいのたび《度》ごと《毎》に五めなれ《目馴》てもあらぬ御すがたにて、
御なほし《直衣》などのいたう六なへ《え》たるしもをかしうみゆ。
物もの給《宣》はで、たゞ御あふぎにふみをゝ《置》きて、
「御つかひのと《取》らでまい《ゐ》りにければ」とてさしい
でさせ給へり。女、ものきこえんにもほどゝを《遠》く
てびむ《便》なければ、あふぎをさしいでゝ《て》とりつ。

とは、見にいらっしゃらないまでも、一体誰にその気持を訴えよとおっしゃるのですか。宮様以外にないではありませんか」

樋清童女に持たせて、「右近の尉にたしかに渡しておいで」と言って出してやった。宮様は御前に人々が祇候して、お話などしていらっしゃる時だった。その人々の退出後に、右近の尉がお手紙をお目にかけたので、「いつものように車の支度をせよ」とおっしゃってお出ましになる。

　女はまだ端近で月を眺めていた所に、人が入って来る様子だから、簾を下してそっと見ると、宮はいつも通り、いらっしゃる度に見馴れるという事のない、魅力的なお姿で、御直衣などの大変やわらかに着馴らしていらっしゃるのが又しゃれて見える。何もおっしゃらないで、ただ御扇の上にお手紙を乗せて、「お使が返書を受取らないで帰ってしまいましたので」とおっしゃって差出された。女は何か申上げようにも間が遠くて工合が悪いので、扇を差出してお手紙をいただいた。

宮ものぼりなむとおぼしたり。せんざい《前栽》のをかしきなかにありかせ給ひて、「七人は草葉の露なれや」などの給《宣》ふ。いとなまめかし。ちかうよら《寄》せ給ひて、「こよひはまかり」一七ウなむよ。たれ《誰》にしのびつるぞとみあらはさんとてなん。あすはものいみ《物忌》といひつれば、なから《無》むもあやしと思ひてなん」とてかへらせたまへば、

こゝろみに雨もふらなんやどすぎて
そら行く月のかげやとまると

人のいふほどよりも、B八こめきてあはれにおぼさる。「九あ《吾》がきみ《君》や」とて、しばしのぼらせ一〇給ひて。いでさせ給ふとて、

二あぢきなく雲井の月にさそはれて
かげ《影》こそい《出》づれこゝろやは三ゆく」一八オ

宮様も上に上ろうとは思召したようだったが、植込みの趣深い中をお歩きになって、「人は草葉の露なれや」――口に出しただけですぐ涙がこぼれるよ、という歌などを口ずさまれる。何とも優雅でいらっしゃる。女のいる近くにお寄りになって、「今夜は帰りましょうよ。誰を思ってそんなに月を見ているのかと見現わそうと思って来ただけだよ。明日は物忌だと言っていたから、うちにいないのも工合が悪いと思ってね」とおっしゃって、帰ろうとなさるから、

「ためしにちょっと、雨が降ってくれればいいのに。私の家を通り過ぎて、空の上を行ってしまう月の光が、もしやここにとまってくれるかと思うから」

こんな事を言う女は、人があれこれうわさするよりも、かわいらしくていとしいと宮はお思いになる。「まあ、あなた、何て事を」とおっしゃって、暫く室内にお入りになって、可愛がって下さった。

やがてお出ましになる時に、

「残念ながら、空を行く月に誘われて、私の身体こそ

とて返《(帰)》らせ給ひぬるのち、ありつる御ふみ見れば、

　我一三ゆへ《(ゑ)》に月をながむとつげつれば
　　まことかと見にいでゝきにけり

とぞある。なを《(ほ)》いとをかしうもおはしけるかな、いかでいとあやしきものにきこしめしたるを、きこしめしなを《(ほ)》されにしが一四なと思ふ。

帰って行くが、心までどうして行ってしまうものか。ちゃんと残して行くよ」

とおっしゃってお帰りになった後で、先程のお手紙を見ると、

「私の事を思うから月を眺めているのだと言ってよこしたから、ほんとうかと見定めに出かけて来たんだよ」

とある。やはり、何てすてきな方でいらっしゃるんだろう。どうかして、大変不都合な者とお聞きになったのを、聞き改めていただきたいなあ、と思う。

【校訂考】

A底本「ひすましわらはしてきこゆ」と見せ消ち。寛元本・応永本とも「きこゆ」を欠く。直前に「宮にきこゆ」あり、底本の衍と見て抹消に従う。

B底本「うめきて」。寛元本「こめきて」、応永本「うめきて」。「こめきて」を妥当と見て改む。

【他出和歌】

正集二三〇、月のあかき夜、人に、「月を見て……詠むれば見ぬ来ぬまでもなれに告げよと」。

正集八七四、月あかき夜、人に、「心みに……門過ぎて……」。

【語釈】 一 「かくばかり経難く見ゆる世の中にうらやましくも澄める月かな」（拾遺集四三五、高光） 二 「思す」を略した形。 三 樋清童女。便器の掃除などする童女。【補説】参照。 四 ↓二段注三。 五 眼馴れ。常々見ていて感興を起さなくなる意。 六 萎えたる。着馴らして柔らかくなった状態。 七 「我が思ふ人は草葉の露なれやかくれば袖のまづそぼつらむ」（拾遺集七六一、読人しらず） 八 子供らしい様子で。 九 親しい相手に呼びかけて感銘をあらわす会話語。 一〇 文はここで切れ、この間、交情の意を含ませる。 一一 思う通りにならないがどうしようもない意。 一二 「出づれ」を受けて「行く」とすると同時に、「心行く」（満足する）意を持たせる。 一三 最初の女の贈歌への返歌。 一四 完了の「ぬ」の連用形「に」に願望の終助詞「しがな」（したいことだ）が添った形。

【補説】 「樋清童女」は宮側の「小舎人童」と並んで、大いに活躍する。現代的常識からすれば、きわめて下位の侍女で主の密事にはかかわるまいと想像されるが、当時の観念では必ずしもそうではない。主の生理に密着し、内密の会話を交わしても怪しまれない存在である。はるか後代の話ではあるが、江戸時代の宮廷には「命婦」の下に「御差《おさし》」という女官があり、天皇の上厠のお供をし、お世話をする役割で、その為、命婦にも許されない天皇との直接会話を、内侍なみに許されていて、むしろ内侍らよりも親しい点があったという（下橋敬長『幕末の宮廷』昭54、P.20）。参考になろう。

二段【補説】および解説五—2に示した通り、全篇中ただ二箇所の宮の服飾描写のその一が、簡潔、印象的に行われている。注意して味読されたい。

女への返信を、使者に託すべく時機を失したので、宮自ら持参、ことさら他人行儀に渡す。そのまま帰ろうとするのを引きとめる女の歌、名残を惜しんで帰ったあと、はじめて見る宮の返書の歌。本段の諸詠はいずれも率直で楽しいが、中にもその「我ゆゑに月をながむと」などは、まことに「なほいとをかしうもおはしけるかな」である。「しばしのぼらせ給ひて」は、諸注釈、下に読点を施してすぐ下文に続くものとしているが、ここは句点を施して、はっきり文が切れ、次の「出でさせ給ふとて」との間に、言わずと知れた、楽しい情交の時間があった事を読みとらねばならない。それでこそ、前文「宮ものぼりなむとおぼしたり」とありながら前栽に逍遥している間の相互の心理、そして「影こそ出づれ心やはゆく」の殺し文句を残して帰るまでの二人の姿が、生き〳〵と浮び上るというものであろう。解説六参照。

九　舟流したる海人とこそなれ

宮もいふかひなからず、つれ〴〵のなぐさめにとはおぼすに、ある人〴〵[一]きこゆるやう、「このごろは源少将[二]なんいますなる。ひる（昼）もいますなり」といへば又、「治部卿[三]もおはすなるは」一八ウなど、くち〴〵きこゆれば、いとあは〳〵[四]しうおぼされ

宮も、そんなに話にならない女ではない、所在ない時の慰めに、今の関係を続けて行こう、とはお思いになるが、お側にいる人々が申上げる事には、「あの女にはこの頃は源中将が通っているそうですよ、昼も入りこんでいるようで」と言えば又、「治部卿もおいでだそうな」などと、口々に申上げるので、何とも軽々しいことだとお思いになって、長いことお手紙もない。

て、ひさしう御ふみもなし。

こどねりわらは《（小舎人童）》きたり。ひすましわらは《（樋清童女）》は、れい《（例）》もかたらへば、物などいひて、「御文やある」といへば、「さもあらず。一夜《ひとよ》おはしましたりしに、御かど《（門）》に車のありしを御らむ《（覧）》じて、御せうそこ《（消息）》もなきにこそはあめれ。人おはしましかよふ《（通）》やうにこそきこしめしげ五なれ」などいひていぬ《（去）》。

かくなんいふと六きこえて。いとひさしうなにやAかやときこえさする事もなく、七わざとたのみきこゆることこそなけれ、ときぐ〵も」一九ォかくおぼしいでんほどはたえ《（絶）》であらんとこそ思ひつれ。Bことしもこそあれ、かくけしからぬことにつけてかくおぼされぬると思ふに、身も心うくて、八なぞもかく、となげくほどに、御ふみあり。「日比は

小舎人童がやって来た。樋清童女はいつも仲よくしているので、おしゃべりして、「お手紙はあるの」と言うと、「別にないよ。いつかの夜、いらっしゃったのに、御門の所に車があったのを御覧になって、それでお手紙もないんだろう。どなたか通って来る方があるらしいとお聞きになったみたいだ」などと言って帰って行った。

　それで女は、周囲のうわさのせいで宮が御不快なのだ、と了解した。こちらからも長いこと、何の彼のと申上げる事もないし、特別に宮様をお頼りするような下心もないけれど、時々でもああして思い出して下さる限りは、御縁を切らずにいようと思っていただけなのに。よりによって、こんな失礼なうわさ話のせいでそんなふうにお考えいただいたのか、と思うと、自分の身もつくづく情けなくて、どうしてこんな事になるのだろうと嘆いていると、お手紙があった。「この所は、なぜともわからない身体工合の悪さに悩んでいて、御無沙汰しました。先日もおうかがいしたのですが、いつもお差支えがあるような状態で帰ることになるので、どうもまともに人間ら

あやしきみ[九]だり心ちのなやましさになん。[一〇]いつぞやもまい《ゐ》りきて侍りしかど、お《を》りあしうてのみかへれば、いと人[一一]げなき心ちしてなん。

[一二]よしやよしいまはうらみじいそ《磯》にいでゝ《て》

こぎはなれ行くあまのを舟を」

とあれば、あさましきことゞ《共》もをきこしめし」一九ウ

たるに、きこえさせんもはづかしけれど、このたびばかりとて、

[一三]袖のうら《浦》にたゞわが[一四]やく《役》としほたれて

舟ながしたるあまとこそなれ

ときこえさせつ。

しく扱っていただけないような気がしましてね。ああままよ、仕方がない。今はもう恨みはすまいよ。磯に漕ぎ出して、見る見る沖に離れて行く漁師の小舟のように、目に見す見す遠ざかって行く、恋人の事を」とあるので、面目ないようなうわさをお聞きになっての仰せに、お返事するのもはずかしいけれど、今回だけはと思って、

「袖の浦で潮を汲むのを、ただもう自分の役目と思って、頼りにする舟を流してしまってもひたすらその仕事で袖を濡らし続けている海人に、私はなってしまいました。（宮様がお見捨てになりましても、私は誰にもなびかず、ただ涙にくれるばかりです）」

と申上げた。

【校訂考】

A底本「なにや《よ》かや《よ》」。寛元・応永本「なにやかや」。特に改訂の必要を認めず。

B底本「。《ことしもこそあれ》かくけしからぬ」。寛元本「ことしもこそあれけゝしうしらぬ」、応永本「事しもこそあれけしからぬ」。

底本の脱落と見て補入。

【他出和歌】

正集八七五、例のかへりごとに、「袖の浦に……」。

【語釈】 **一** 近侍している人々。「或る人々」ではない。**二** 源雅通（左大臣雅信孫、道長室倫子甥）か。和泉式部集二五四・二五五に贈答歌が見える。**三** 長保五年現在の治部卿は源俊賢（髙明男、四納言の一、45歳）。**四** 軽薄で心浅い意。**五**「嬉しげ」のように、「そのように見える」意の接尾語。**六** 理解できた。従来の「樋洗童女が女に申上げた」とする解は誤り。【補説】参照。**七** 格別取立てて。**八** どうしてまあこんなに。**九** 正常でない気分。病気の状態。**一〇**「参り来ぬ」を略した形。**一一** 人間並みでない気分。**一二**「縦《よ》し」（他人の行動を容認し、自己の断念を表現する意）を重ねて強調。**一三** 出羽の歌枕、「袖の浦」（山形県酒田港あたりの海岸）。「袖の裏」をかけ、涙で濡れる意をあらわす。**一四** 役目。潮を汲み、「焼く」海人の任務。「しほたる」も海人の縁語で、泣き濡れる意を示す。

【補説】 女に関する種々のうわさに悩んで、宮は久しく疎遠を続ける。その状況が、小舎人童から樋清童女に伝わり、女の耳に入る。ここで、「かくなんいふときこえて」を、諸注釈すべて童女が女に「申上げた」と敬語の形に解しているのは甚だしい誤りである。「聞ゆ」には「言う」の敬体の外に、「意味がわかる、了解できる、納得できる」の意がある。「御歌もこれよりのはことわり聞えてしたたかにこそあれ」（源氏物語、末摘花）、「丙申の年に侍りといふも、げにと聞ゆ」（大鏡、序）。本段の「聞ゆ」もこの意味である。

小舎人童の話を童女が女に告げるのは、わざわざ「申上げた」と言わずとも自明の事である。これによって女が、宮の無沙汰の意味するところを理解できた。その事を、「聞えて」と、しかもここで切れる「て止め」の形（解説六参照）で、強力に表現しているのである。この点をはっきりと把握して、本段を読解していただきたい。

女にも、過去にはさまざまの男性関係はあったし、今も言い寄って来る者はある。しかし宮を知って以来、彼等とはきっぱり縁を切っているのだ。けれども世間はそうは見ず、無責任にうわさを立て、宮の耳にもそれは伝わるであろう。女はそれを危惧しつつも、無責任な風説に動かされない宮の愛情を信じて来た。しかし今、その愛情の揺らいでいる事実を知らされ、その疑念を晴らすべくもない自らの過去を思って、何と弁明のしようもない、無念やる方ない思いをかみしめている、その状況を表現したのが、「かくなん言ふと聞えて」の一句なのである。

この意味の「聞えて」については、なお一九段、また解説六・七―2にも述べるが、研究者・古典愛好者はくれぐれも、古語には迂闊に現代常識で対処してはならぬ事を銘記して読解されたい。

一〇　七夕に忌まるばかりの

A

七月になりぬ。七日、[一]すき《(好)》ごとどもする人のもとより、[二]たなばた《(七夕)》、ひこぼし《(彦星)》といふことゞも《(共)》あまたあれど、め《(目)》もたゝず。かゝるお《(を)》りに、みやの

七月になった。七日、色めいた文をよこす人々の所から、七夕の、彦星のというような事にかこつけた手紙が色々あるけれども、見る気もしない。こんな時には、宮様が機会を逃さず必ず何か言って下さったのに、本当に

三すご《過》さずの給《宣》はせし物を、げにおぼしめしわすれにけるかなと思ふ・ほどにぞ、御文ある。みれば、たゞかくぞ、

おもひきや四七夕つめ《女》に身をなして」二〇オ
あま《天》のかはらをながむべしとは

とあり。五さはいへどすご《過》し給はざめるは六と思ふ・もをかしうて、

ながむらん空をだにみず七夕に
七いま《忌》るばかりの我が身・とおもへば

とあるを御ら《覧》むじても、猶え思ひはなつまじうおぼす。

つごもり《晦日》がたに、「いとおぼつかなくなりにけるを、などか時ゝ《々》は。人かず《数》におぼさぬなめり」とあれば、女、

すっかりお忘れになってしまったのだなあ、と思っている所に、お手紙が来た。見ると、ただこう一首、

「思いもしなかったなあ。この身を七夕の織姫にして、彦星が来てくれないかしらと、天の河原を空しく眺めるような羽目になろうとは」

とある。あんなに御機嫌を損ねても、やっぱり言うべき折は過さずお便りを下さるのだなあ、と思うにつけても面白くて、

「眺めておいでしょう、その空をさえも私は見ませんわ。一年にたった一度の契りという、その七夕にも縁起が悪いと嫌われるぐらい、不幸せな我が身だと思いますから」

とお返事したのを宮は御覧になるにつけてもやはりどうしても思いあきらめるわけには行かないとお思いになる。

晦日頃に、「大変御無沙汰になってしまったのに、何で時々はそちらからも声をかけて下さらないのですか。恋人の数に入るものとは思って下さらないのでしょう」とお手紙があるので、女が、

ねざめねばきかぬなるらんおぎ《招》[八]風は
　ふかざらめやは秋のよな〳〵」二〇ウ
ときこえたれば、たち返り、•「あ《我》が[九]君や、ねざめとか。[一〇]もの思ふ時はとぞ、を《お》ろかに。
　お《招》ぎかぜはふかばいもねでいまよりぞ
　を《お》どろかすかときくべかりける」
　かくて二日ばかりありて、ゆふぐれに、にはかに御車をひきいれておりさせ玉《給》へば、まだ[一一]みえたてまつらねばいとはづかしう思へど、せんかたなく。なにとなき事などの給はせてかへらせ給ひぬ。•そのゝち《後》日比になりぬるに、いとおぼつかなきまでを《お》ともし給はねば、
　[一二]「くれ〴〵と秋の日ごろのふるまゝに」二一オ
　おもひしられぬあや[一三]しかりしも

「お目覚めでないからお聞きにならないのでしょう。荻を吹く風――私が宮様を思い、招く風は、秋の夜毎々々、どうして吹かない事がありましょうか」

と申上げたところ、すぐさまお返事、「まああなた、目覚めるの目覚めないのって、『物思いをする時は寝られるどころか』という歌だってあるじゃないの。いいかげんな気持だと思ってもらっちゃ困るよ。

荻の風が吹くというんなら、一睡もしないでこれからは、ほんとにあなたが招いて私を起そうとしているのかどうか、聞いていなきゃいけないね」

こんなやりとりがあって二日ばかりして、夕方に、いきなり御車を引込んで下りていらしたから、まだこんな明るい時間にお目にかかった事はなかったからはずかしく思ったけれど、どうも仕方がない。別に何という事もないお話などなさってお帰りになった。その後何日もたったのに、心配になる程何のお便りもないので、

「つくづくと思い沈んで秋の一日々々がたって行くにつけましても、あんな形でお目にかかった事がさまざ

一四 むべ人は」ときこえたり。「このほどにおぼつかなくなりにけり。されど、

一五 人はいさわれはわすれずほどふれど
秋のゆふぐれありしあふ《（逢）》こと」

とあり。あはれにはかなく、たのむべくもなきかやうのはかなし事に、世のなかをなぐさめてあるも、うちおもへばあさましう。

まに思われまして、『秋の夕はあやしかりけり』というのは本当だと思い知られましたわ。『むべ人は』という歌の通り、人はこの世を思い切れないものでございますねえ」と申上げた。「この所つい御無沙汰してしまった。でも、

あなたはどうか知らないが、私は忘れないよ。何日もたってしまったけれど、あの秋の夕暮、嬉しくもあなたと薄明の中で逢えた事を」

とお返事がある。いとおしくも心細く、頼りにもならないような、こんなとりとめもないやりとりで、二人の間柄を嬉しいものと心慰めているというのも、つくづく思えば情けない事だ。

【校訂考】

A底本「。《かくいふほとに》七月になりぬ」。寛元本「かくいふほとに七月になりぬ」、応永本「さいふほとに七月にもなりぬ」。次段冒頭「かゝるほとに八月にもなりぬれは」と重複するため、衍と見て補入せず。

【他出和歌】

正集八七六、七月七日、「詠むらん……あまるばかりの……」。
正集八七七、人に、「ねざめねば……をき風に吹くらんものを秋の夜ごとに」。
正集八七八、「くれ〴〵と秋は日ごろの……思ひしぐれぬ……」。

【語釈】 **一**　好き事。数寄事。しゃれた恋愛遊戯。**二**　七夕伝説にちなむ求愛の音信。**三**　機を逸せず。**四**　棚機つ女。織女星。**五**　やはり何といっても。**六**　詠嘆の終助詞。……だわ。**七**　忌まる。忌避される。**八**　「荻」に「招《を》ぎ」をかけ、荻の招くように吹く風――関心を起させるような音信の意。**九**　吾が君。親しい相手への呼びかけ。→八段注九。**一〇**　「人しれず物思ふ時は難波なる芦のしらねのしらねやはする」（古今六帖三八二〇）**一一**　自然光の下で対面する事をいう。**一二**　暗々と。沈んだ気持で。**一三**　「いつとても恋しからずはあらねども秋の夕はあやしかりけり」（古今集五四六、読人しらず）**一四**　「帰りにし雁ぞなくなるむべ人はうき世の中をそむきかぬらん」（拾遺集一一〇四、能宣）**一五**　「人はいさ我はなき名の惜しければ昔も今も知らずとを言はむ」（古今集六三〇、元方）を打返した趣向。「いさ」は「いさ知らず」の略。

【補説】　全編、それぞれに優劣はつけ難いが、本段など特に、男女かけ合いの呼吸が実に面白い。敦道は、19歳の長保元年（九九九）二度の作文会を催す（権記）など漢詩文に長じ、後の二三段にも「人々文作る」と見えるし、自邸で歌会の証もあり（拾遺集一〇三一嘉言・定頼集二〇一・兼澄集一）、文才に富む貴公子であった。勅撰歌人としては新古今集以下六首、すべて本記からの入集で、いわゆる「歌人」の列には加え難いが、彼の詠歌の真価は宮廷人日常の洗練された会話術、気のきいた男女交際の具たる所にあり、その意味では和泉式部とも堂々と拮抗し得る才気の持主であった。なればこそ、式部も真に惚れ込み、互いに意表を衝く言葉戦いを楽しみつつ、この恋を成長させて行くのである。時代そのものが、そういう文化の花盛りの時期にあった。このやりとりを終始いささかの弛緩もなく表現しえた本記は、式部自作としか考えられないであろう。なお解説五—1・4を参照されたい。

一一　山を出でて暗き道にぞ

かゝるほどに八月にもなりぬれば、つれ〴〵もなぐさめむとて、一いし《石》山にまうでゝ《て》七日ばかりもあらんとて、まうでぬ。宮、ひさしうもなりぬるかな」二ゥとおぼして御文つかはすに、わらは《童》は、「一日《ひとひ》まかりてさぶらひしかば、いし《石》山になんこのごろおはしますなる」二と申さすれば、「さは、けふはくれ《暮》ぬ。つとめてまかれ」とて、御ふみかゝせ給ひて、給はせて。三

こうしているうちに八月になったので、所在なさをもまぎらそうと、石山寺にお詣りして七日ばかりも籠ろうと思って、参詣に出かけた。宮は、随分久しくなってしまったな、とお思いになってお手紙をやろうとなさると、童が、「先日御訪問しましたら、石山にこの頃はおいでだという事です」と人伝てに申上げたので、「では、今日はもう日が暮れてしまうから、明日朝早く行け」とおっしゃって、お手紙をお書きになってお持たせになった。

女は石山に行ったところが、かんじんの仏の御前ではなくて、捨てて来た故郷の京の家ばかりが恋しくて、こんな形の外出というのも、本来思っていたとは違う身の

四いし《石》山にゆきたれば、五仏の御まへ《前》にはあらで、六ふるさとのみ恋しくて、かゝる七ありきもひきかへたる身のありさまと思ふに、いとものがなしうて、かうらん《高欄》八まめやかに仏を念じたてまつるほどに、あやしくてみおろしのしも《下》にＡ九人けはひのすれば、このわらは《童》なり。あはれに、思ひかけぬ所にきたれば、」二二ォなにぞとゝ《問》はすれば、御ふみさしいでたるも、つねよりも一〇ふとひきあけてみれば、「いと心ふかういり《入》給ひにけるをなん。などかくなんとものの給《宣》はせざりけん。一一ほだし《絆》までこそおぼさゞらめ、一二を《お》くらかし給ふ、心うく」とて、

一三「せき《関》こえてけふ《今日》ぞとふとや人はしる《知》
おもひたえせぬ一四こゝろづかひを

一五いつかいでさせ給ふ」とあり。ちか《近》うてだにいと

成行きだと思うと、そんなふうに思う罪深さが全く悲しくて、一心に仏を祈念申上げているうちに、高床の堂の手すりの下に人の来た様子があるので、誰かと思って見下したら、この童だった。嬉しいことには、思いがけぬところに来てくれたので、「どうしたの」と聞かせると、お手紙を差出したので、いつもより気が急いて引開けて見ると、「大変信仰深く山寺にお入りになったものと思っております。どうして、こうこうともお知らせ下さらなかったのでしょう。出家の際の心残り、とまでは思って下さらないとしても、置いて行っておしまいになるというのは、恨めしいではありませんか」と書いて、

「逢坂の関を越えて、やっと今日お見舞するとあなたはお思いでしょうか。恋しさは絶える事なく、『心遣い』という使いをいつもいつも通わせている私ですのに。

いつお帰りになりますか」とある。お近くにいてさえ大変心許ないようなお扱いなのに、こんなにわざわざ遠路おたずね下さったのが嬉しくて、

おぼつかなくなし給ふに、かくわざとたづねたまへる、をかしうて、

「[二六]あふみぢ《（近江路）》はわすれぬめり[二七]とみしものを」二二ウ
　せきうちこえてとふ人やたれ

いつかとの給《（宣）》はせたるは、[二八]おぼろけに思ひ玉《（給）》へいりにし[二九]かも、

　山ながら[B三〇]うきはたつともみやこへは
C　いつか[三一]うちでのはま《（打出浜）》は見るべき

ときこえさせたれば、「くるしくともゆけ」とて、

「とふ人とか、あさましの御ものいひ《（物言）》や、
　たづねゆく[三二]あふさか《（逢坂）》山のかひもなく
　[三三]おぼめくばかりわするべしやは

[三四]まことや、
　うきによりひた[三五]やごもり《（直屋籠）》とおもふとも」二三オ

「近江の道――『逢う』なんていう事はもうお忘れでしょうと思っておりましたのに、逢坂の関を越えておたずね下さる方は、一体どなた様でしょう。

いつ帰るかとのおたずねですが、いいかげんな気持で山深く入ったわけではございません。

山籠りのままで、沼地の泥のように、いやな事は忘れて朽ちてしまうとしても、都へ出るなんて気持はございません。近江の打出の浜だって、いつ見る事がありましょうか」

と申上げたところ、童に、「苦しいだろうがもう一度行け」とおっしゃって、「たずねるのは誰だなんて、呆れた言い草ですね。

あなたに逢いたさにたずねて行く、その逢坂山の名の甲斐もなく、誰ですかなんて言う程に忘れてしまうなんて、そんな事があるものですか。

ああ、打出の浜と言えば、
泥のように思いくずおれて引っこみきり、と思うとしても、まあちょっと近江の湖ぐらい、出かけて見てご

あふみ《近江》のうみ《湖》は[三六]うちでゝ《て》を見よ
[三七]うきたびごとにとこそいふなれ」とのたまはせたれば、たゞかく、

せき《関》山のせきとめられぬ涙こそ
あふみ《近江》のうみ《湖》Dとながれいづらめ

とて、はしに、

こゝろみにを《お》のが心もこゝろみむ
いざみやこ《都》へとき《来》てさそひみよ

おもひもかけぬにゆく物にもがなとおぼせど、いかでかは。

かゝるほどにいでにけり。「さそひみよとありしを、いそぎいで《出》て給ひにければなん。」二三ウ

あさましやのり《法》の山ぢにいり[三八]さして
宮こ《都》のかたへたれさそひけん」

らんなさいよ。世の中がいやだと思う度に身を投げていたら、深い谷も浅くなると言うじゃありませんか（一々気にする事なんかありませんよ）」とおっしゃったので、ただこう、

「逢坂の関山でも堰止められない私の涙こそは、末は近江の湖となるほどに流れ出るのでしょう」

と書いて、その紙の端に、

「ためしに、私の心がどうなるかやってみましょう。
さあ都へ帰ろう、と、宮様、いらして誘ってみて下さいまし」

そう言われたからには、まさかそうも思っていない所に行ってやりたいものだな、とお思いになるが、いくら何でもそんなわけにも行かない。

そのうちに、やがて女は山を出て帰って来た。宮様は、「誘ってごらん、と言うからそのつもりでいたのに、さっさと出て来てしまわれたので、拍子抜けしましたよ。

呆れたものです。せっかくありがたい仏法の山に入りかけたのを中止して、都の方へは一体どんな人が誘い

御返り、たゞかくなむ。

山をいでゝ二九くら《（暗）》きみちにぞたどりこし

三〇いま一たび《（度）》のあふ《（逢）》ことにより

出したのでしょう」

御返事には、ただこうだけ申上げた。

「悟りの山を出て、暗い迷いの道に手探りで出てまいりました。もうたった一度だけ、宮様にお逢いしたいばっかりに」

【校訂考】

A底本「しも。に《のかた》」。寛元本「しもつかたに」、応永本「しものかたに」。衍と認めて補入せず。【補説】参照。

B底本「うき《く》はたつ《うくイ》とも」。寛元本「うみを雲井と」、応永本「うくはうくとも」。難解により生じた各異文と見て改訂せず。注三〇参照。

C底本「きこえさせたれはくるし。《く》とも」。寛元本「とそ聞えたる御らんしてくるしうとも」、応永本「ときこえたる御覧してくるしうとも」。「させ」抹消は当らず。「く」は脱落と見て補う。

D底本「あふみのうみと《にイ》」。寛元本「あふみの海と」、応永本「あふみのうみに」。異本表記は歌意を損うと見て取らず。【補説】参照。

【他出和歌】

正集二二一、石山にこもりたるを、久しう音もし給はで、帥の宮、「関こえて今日ぞとふやと……」。

正集二二二、返し、「近江路は……」。八七九、石山にこもりたるに、たづねてのたまはせたる、御かへり、（歌二二二に同じ)。

正集二二三、又いつか出づるとあれば、「山ながらうくはうくとも都へは何か打出の浜も見るべき」。八八〇、いつか帰る、とあれば、(歌二二三に同じ)。

正集二二四、宮の御返し、「うすきより……思へども近江海にも打出でて見よ」。

正集八八一、「関山の……」。

正集二三〇、石山にありける程、宮より、いつか出づるなどのたまひけるにや、「こゝろみよ君が心も……」。八八二、(詞書なし、歌、日記に同じ)。

正集八八三、出でて聞えさす、「山を出でて……暗き道にをたづねこし……」。

【語釈】**一**　石山寺。滋賀県大津市石山。真言宗、良弁開基。本尊如意輪観世音。**二**　伝聞推定の助動詞。**三**　「給はせて」で文は切れる。**四**　主語は女。従来、童とするは誤り。**五**　(仏前にいながら)仏前ではなくて。女の心中を示す。「女は仏前には居なくて」とする従来の解は誤り。以上三項、【補説】・解説六・七参照。**六**　女の京の住居。**七**　歩き。他出。**八**　誠実に。**九**　「人けはひ」で一語。人の存在を感じさせる空気。**一〇**　急いで。**一一**　事を行う場合妨げとなるもの。**一二**　置きざりにする。**一三**　京と近江の境、逢坂の関。逢う瀬を妨げるものの意をこめる。**一四**　心配り、関心の意に、「使者」の意を含める。**一五**　参籠を終え、帰京する意。**一六**　「逢ふ道」と「近江路」をかける。**一七**　推量の助動詞。**一八**　並一通りに。**一九**　終助詞「か」+「も」の形で反語の意をあらわす。**二〇**　涅《うき》。水分を含んだ泥土の地。沼地。「芦根はふうきは上こそつれなけれ下はえならず思ふ心を」(拾遺集八九三、読人しらず)。→二段注**二**。「たつ」は未詳、一往「泥地ができる」とする玉井説に従う。「憂きは絶つとも」をかける。

二一　打出の浜。近江の歌枕、石山への道筋に当る琵琶湖岸の浜。二二　逢坂山に「逢う」を、山の峡に「甲斐」をかける。二三　おぼつかなく思う。二四　「ああ、そう言えば」。会話の途中で思いついた気持。二五　ひたすら引きこもって外出しない事。二六　「打出の浜」をかける。二七　「世の中の憂き度ごとに身を投げば深き谷こそ浅くなりなめ」（古今集一〇六一、読人しらず）二八　「……しかけて止める」意。二九　「暗きより暗き道にぞ入りぬべきはるかに照らせ山の端の月」（拾遺集一三四二、雅致女式部）三〇　「あらざらんこの世のほかの思ひ出でに今一度の逢ふこともがな」（後拾遺集七六三、和泉式部）

【補説】　女の石山詣での旨を聞いた宮が、童に文を託す。諸注釈、「給はせて」を下文に続くものと考え、「石山にゆきたれば」の主語を「童」としている事、また「仏のお前にはあらで」を「女は仏の御前にいないで」としている事は、甚だしい誤りである。文使いを命ぜられた以上、童が石山に行くのは当然の事で、わざわざ記すまでもない。「給はせて」をもって宮邸の描写は終るのである。それに対して、女が石山に行くのももとより自明ではあるが、ここではその事実ではなく、新たに起して来る「石山に行きたれば」以下は参籠してはじめて自覚した女の心境を述べているのである。なおこの点については解説六・七を参照されたい。

　寺詣でをする以上、俗世の事は忘れて、ひたすら仏にすがるべきはず。ところが実際「石山に行きたれば」、身は仏堂内にありながら仏前ではなくて、捨てて来た故郷ばかりが恋しい。その不信心さが悲しくて、心を取り直して仏を念ずる、というのがここまでの女の心の動きである。そこに思いがけず、恋しい故郷からの使者。「高欄の下に人けはひのすれば」は、女は高床で欄をめぐらした仏堂内、童はこれを見上げる庭上、という位置関係を明確に示すもの。寛元本「高欄の下つ方に人のけはひすれば」応永本「高欄の下の方に人のけはひのすれば」にくらべ、小異ながら緊縮した表現で、「この童なり」の意外な喜びを、生き生きと表明している。

　以下、近江路の地名を縦横にふまえての巧みな贈答が繰返される。「関山の」詠の下句、「あふみのうみと」は、「近江の湖となって」の意で、異本表記「に」ではその面白さが失われてしまう事に注意されたい。「来て誘ひ見よ」と言いかけながら程なく帰京した女を、「浅ましや……誰誘ひけん」と揶揄する宮に、ただ一言、「今一度の逢ふことにより」と答える女。応答の意外さと、そのいとしさに、男は思わず抱きしめたくなるに違いない。同様のコケットリーは一九段末尾の一首にも見られるが、媚態というべくあまりにも真率で愛らしい、和泉式部ならではの愛情表現である。

一二　気色吹くだに悲しきに

　つごもり《（晦日）》がたに風いたくふきて、[一]のわき《（野分）》だちて雨などふるに、つねよりもものの心ぼそくてながむるに、御ふみあり。れいの[二]おりしり《（折知）》がほにの給《（宣）》はせたるに、日ごろのつみ《（罪）》もゆるしきこえぬべし。

　なげきつゝ秋のみ空をながむれば」二四オ

　八月晦日頃に、風がひどく吹いて、嵐めいて雨なども降るので、ふだんよりも何だかひどく心細くてぼんやり思い沈んでいると、宮様からお手紙が来た。例によっていかにも当座の心理を心得顔におっしゃって下さるので、日頃御無沙汰の恨みもかんべんしてあげたくなる。

　「悲しみの思いにくれながら秋の空を眺めますと、空も同感なのか、雲の行来がひどく騒がしく、風も激し

雲うちさはぎ風ぞはげしき

御かへし、

秋風は気色ふくだにかなしきに
かきくもる日はいふかたぞなき

げにさぞあらむかしとおぼせど、れい《例》のほど《程》へ《経》ぬ。

く吹いていますよ」

御返事には

「秋風は、ほんのちょっと吹くだけでも悲しく感じられますのに、今日のように一面に曇って吹き立てる日は、何とも言いようもない心細さでございますわ」

宮は、いかにもそうだろうなあとお思いになるが、しかし例によって以後お言葉もなく過ぎた。

【他出和歌】 正集八八四、風吹き物あはれなる夕暮に、「秋風は……」。

【語釈】 一 野分めいた様子に。 二 折知り顔。時節・様子をわきまえ知っているかのような様子。 三 気色ばかり。

【補説】 恋の委曲を尽くした前後二段の中間に、さらりとした短章が、これもまた独自の味わいでおだやかな交情を語っている。好もしい一段である。

一三　秋のうちは朽ち果てぬべし

九月廿日あまりばかりのありあけ《有明》の月に、御め《目》さまして、いみじうひさしうもなりにけるかな、あはれこの月はみ《見》るらんかし、[一]人やあるらんとおぼせど、れい《例》のわらは《童》ばかりを御とも《供》にておはしまして、かど《門》をたゝかせ給ふに、女、め《目》をさまして、よろづ」二四ウ思ひつゞけふ《臥》したる程なりけり。すべてこのごろは、おり《を》からにやもの心ぼそ《細》く、つねよりもあはれにおぼえてながめてぞありける。あやし、たれならんと思ひて、まへ《前》なる人をおこ《起》してとはせんとすれど、[二]とみにもおきず。からうじておこしても、こゝかしこのものにあたりさは《騒》

九月二十日過ぎの有明の月がさすのに、宮はふとお目覚めになって、随分久しく無沙汰してしまったな、ああきっと、この月は見ているだろう、とお考えになって、誰か通って来ているかもしれないとはお思いになりつつも、例によって童一人をお供させておいでになった。門をおたたかせになると、ちょうど女は目を覚まして、あれこれといろいろ考えながら横になっている時だった。何につけてもこの頃は、秋という季節のせいか何となく心細く、ふだんよりも物事が身にしみて感じられて、思い沈んでいるのだった。まあ思いがけない、門をたたくのは誰だろうと思って、前に寝ている侍女を起して門番にたずねさせようとするが、すぐにも起きない。やっとの事で起しても、寝ぼけてあちこちぶつかったりしてまごまごしているうちに、たたくのを止めてしまった。帰っ

ぐほどにたゝきやみぬ。かへりぬるにやあらん、
三 いぎたなしとおぼされぬるにこそ、物おもはぬさまなれ。おなじ心にまだね《(寝)》ざりける人かな、たれならんと思ふ。からうじておき《(起)》て、「人もなかり」二五ォけり。四 そらみゝ《(空耳)》をこそきゝおはさうとて、五 よ《(夜)》のほどろにまどはかさるゝ、さはが《(騒)》しのとの《(殿)》ゝ六 おもと《(御許)》たちや」とて、またね《(寝)》ぬ。女はねで、やがてあかしつ。

いみじうきり《(霧)》たるそらをながめつゝ、あか《(明)》くなりぬれば、このあかつき《(暁)》おき《(起)》のAほどのことゞもをものにかきつくるほどにぞ、れいの御ふみある。たゞかくぞ、

秋の夜のありあけの月のいる《(入)》までに
七 やすらひかねてかへりにしかな

てしまったのだろうか、寝坊な女だとお思いいただいただろうに、気のきかないことだ。きっと私と同じ気持で、まだ寝ないでいた方だろう、誰かしら、と思う。門番はやっと起きて、「何だ、誰も居やしない。ありもしない音を聞こうというので、夜《よる》夜中にまごまごさせなさる。全くうるさいお邸の女子《おなご》さん達だ」と言って、又寝てしまった。女は寝ないで、そのまま夜を明かした。

一面に霧の立ちこめた空を眺めながら、やがて明るくなって来たので、この早朝に起きての、何とはなしの感想をあり合う紙に書きつけている所に、例の通り宮からのお手紙がある。ただこれだけ、

「秋の夜、たずねて行ったんだけれど、有明の月が山の端に入るまで、入れてくれるのを待ってぐず〳〵してもいられないから、とうとう帰って来てしまったよ」

ああほんとに、何て思いがいのない女だとお感じになっただろうと思うと同時に、やっぱりことという時は逃さず声をかけて下さるのだなあ、私と同じに、あのしみ〴〵美しい空の様子をごらんになったのだ、と思うと、

八いでや、げにいかにくちお《を》しきものにおぼしつらんと思ふよりも、猶九おりふし《折節》はすぐ《過》した」二五ウまはずかし、げにあはれなりつるそらのけしきをみ《見》玉《給》ひけると思ふに、をかしうて、一〇このてならひ《手習》のやうにかきゐたるを、やがて一一ひきむすび《引結》てたてまつる。御らんずれば、
風のをと《音》、木のはのゝこ《残》りあるまじげに吹きたる、つねよりも物あはれにおぼゆ。こと〴〵しうかきくもるものから、たゞ気色ばかり雨うちふるは、せんかた《方》なくあはれにおぼえて、

　秋のうちはくちはてぬべしことは《わ》りの
　しぐれにたれが袖はから《借》まし

なげ《嘆》かしとおもへどしる人もなし。草の色」二六オさへみしにもあらずなりゆけば、しぐれんほど

とても嬉しくなって、このいたずら書のように書いていたものを、そのまま封をして差上げる。宮がごらんになると、
風の音が、これでは木の葉もたまるまい、全部散ってしまうだろうと思うほどひどく吹くのが、ふだんよりも一入物淋しく感じられる。どうなる事かと思うほど一面に曇って来ながら、ただほんの申しわけばかりに雨が降るのは、どうしようもなく切なく思われて、
　秋のうちに、もう私の袖は涙に朽ち果ててしまいそうだ。冬になれば当然降るはずの時雨を防ぐためには、一体誰の袖を借りたらいいのだろう。
ああ、何と悲しい事だろうと思うけれど、その気持を察してくれる人もいない。草の色さえ今までのようではなく変って行くから、これから続くであろう時雨の日々の長々しさも今から思いやられるような風に、その草がかわいそうなほどなびいているのを見ると、今にも消えそうな露に等しい私の身は、あやうげにやっと風に耐えている草葉と同じだと、悲しく思われるの

のひさしさもまだ三きにおぼゆる風に、心ぐるしげにうちなびきたるには、たゞいまもB三きえぬべき露のわが身ぞあやう《ふ》く草葉につけてかなしきまゝに、おく《奥》へもいらでやがてはし《端》にふしたれば、四つゆねらるべくもあらず。人はみなうちとけねたるに、そのことゝ思ひわくべきにあらねば、つくづくとめをのみさまして、なごりなううらめしう思ひふしたるに、Cかり《雁》のはつかにうちな《鳴》きたる、人はかくしもや思はざる」二六ウらん、いみじうたへがたき心ち《地》して、

まどろまであはれいくよになりぬらん
たゞかりがねをきくわざにして

五とのみしてあかさんよりはとて、つま戸《妻》をおしあけたれば、おほ《大》空ににし《西》へかたぶきたる月の

で、奥の間にも入らず、そのまま端近で横になっていると、全く眠れるどころではない。周囲の人は皆ぐっすり眠っているが、私は何が原因でともはっきりしたわけはないままに、ただなす事もなく目をさましていて、思い残す事のないほど世の中を辛いものと思いつつ寝ていると、雁が遠くかすかに鳴く、その風情は、誰もこんなに身にしみては感じないだろうと、全くがまんできないほどに思われるので、

とろりとするひまもなくて、ああ幾晩、こうして過しているのだろう。ただ雁の淋しい声を聞くのだけを、仕事のようにして。

こんなにして空しく夜明しするよりは、と思って、妻戸を押開けて眺めると、大空には西に傾いた月の姿が遠く澄み切って見える所に、霧の立った空の様子、鐘の声、鳥の音、それらが互いに見事に調和して、まことに過去現在未来、すべてを思い渡しても、こんなに心にしみる折は又とあるまいと、袖に涙の雫が落ちるのさえ感深く珍しく思える。

かげ、とを《(ほ)》くすみわたりてみゆるに、きり《(霧)》たるそらのけしき、かねのこゑ、とりのね、ひとつにひゞきあひて、さらにすぎにしかた、いま行末の事ども、かゝるおり《(を)》はあらじと、そで《(袖)》のしづくさへあはれにめづらかなり。」二七ォ

我ならぬ人もさぞみんなが《(長)》月の
ありあけの月にし[二六]かじあはれは

たゞいまこのかど《(門)》をうちたゝかする人あらん、いかにおぼえなん。いでや、たれ《(誰)》かゝ《(斯)》くてあかす人あらむ。

よそにてもおなじ心に[二七]ありあけの
月をみるやとたれにと《(問)》はまし

宮わたりにやきこえましと思ふに、たてまつりたれば、うちみ玉《(見給)》ひて、[二八]かひなくはおぼされねど、

私でない人も、こうして眺めているのだろうか。九月半ば過ぎの有明の月にくらべられるものはあるまい、ああこの心にしみる景色は。

たった今、この私の門をたたいてたずねて来る人があればいい。どんなに嬉しいだろう。ああ、そんな事を言ったって、私と同じようにこの夜を明かしている人なんて、どこにあるものか。

他の場所にいても、私と同じ気持でこの有明の月を見ていますかと、誰に聞こうか。そんな人があればいいのに。

宮様にでもお目にかけようかしらと思っていた所だったので、差上げたのを、宮はごらんになって、同じように文章で答えるまでもないとお思いになったわけではないが、それより、女が物思いをしている所にとにかく早く返事をしようとお思いになって御歌だけをおやりになる。

女は、まだ使を出してやったまま、ぼんやり外を眺めていたのに、使がすぐにお返事を持って帰ったから、

ながめゐたらんにふと[一九]やらんとおぼしてつかはす。

女、ながめいだしてゐ」二七ゥたるに、もてきたれば、あへ[三〇]なき心ちしてひきあけたれば、

「秋[三一]のうちはくちける物を人もさは
わが袖とのみおもひけるかな
きえぬべき露のいのちと思はず[三二]は
ひさしききくにか[三三]ゝりやはせぬ
まどろまで雲井のかりのねをきくは
こゝろづ[三四]からのわざにぞありける
我ならぬ[三五]人もありあけの空をのみ
おなじ心にながめけるかな
よそにても君ばかりこそ月見めと」二八ォ
おもひてゆきしけさぞくやしき
いとあけ[開]がたかりつるをこそ」とあるに、猶[三六]物き

あまりあっけないような感じがして開けて見たらば、

「私の袖だって、秋のうちに早くも朽ちてしまっているのに、あなたもまあ、それでは、自分の袖ばかりそんなになったものと思っていたのですね。

今にも消えそうな露のような命、なんて思わないで、寿命の長い菊のような、私の愛情に信頼なさいよ、ね、そうではありませんか。

一睡もしないで空行く雁の声を聞いているばかりだ、なんていうのは、私を信じてまかせてくれない、あなたの心のせいですよ。

でも、私だけでなくあなたも、外ならぬあの有明の空ばかりを、私と同じ気持で眺めていたのですね。

それなのに、離れ離れでもあなたこそは私と同じ心で月を見ているだろうと思ってたずねて行ったのに、入れてもらえなかった今朝こそ、本当にくやしかった事です。

何とまあ、開けにくい御門だったこと」とあるので、やっぱり、あれを差上げた甲斐はあった、と思った。

こえさせたるかひはありかし。

【校訂考】

A底本「あかつきおきの。《ほとの》ことゝも」。寛元本「あかつきおきのほとのことゝも」、応永本「暁おきのほとの心におほゆることゝも」。時間的経過の幅をあらわす「ほど」のある事を妥当と考え、補入に従う。

B本来、連作の第二詠、「消えぬべき露の我が身は物のみぞあやふ草葉につけて悲しき」であったと思われるが、底本はじめ三系統本すべてこの形なので、今は改訂せず温存する。

C底本「思ひふしたる。《ほと》に」。寛元本・応永本「おもひふしたるほとに」。Aの場合と異なり、時間的経過を必要としないと判断、補入せず。

【他出和歌】

新古今集一一六九、九月十日余り、夜更けて、和泉式部が門をたたかせ侍りけるに、聞きつけざりければ、朝につかはしける、「秋の夜の……」。

正集八八五、ことぐ〳〵しううち曇るものから、雨の気色ばかり降るは、せんかたなくて、「秋のうちに……時雨に袖を誰にからまし」。

正集八八六、「消えぬべき……あゆふくさばに悲しかりける」。

正集八八七、露まどろまで嘆きあかすに、雁の声を聞きて、「まどろまであはれいくかに……」。続集三九七、秋のころ目のさめたるに、雁のなくを聞きて、「まどろまで……」。

正集八八八、長月ばかり、有明に、「我ならぬ……」。続後撰集四四六、（秋の暮の歌）、「我ならぬ……」。

正集八八九、「よそにても……」。続集五九九、その夜も、かたはしにて、うらやましうもと見るまゝに、「よそにても……月見ば空もかきくもらまし」。

続古今集一一七四、題不知、「我ならぬ人も有明の……」。

【語釈】 一 訪問者。懸想人。二 頓にも。即座にも。三 寝汚なし。眠りこんでなかなか目覚めない。四 空耳。気のせいで音を聞いたように思う事。五 夜がそろそろ明けはじめる頃。未明。六 御許。近侍の女房。七 ただずんで様子を見る。八 いやもう。本当にまあ。九 折節。ちょうど節目になるような機会。一〇 手習。心にまかせたすさび書き。一一 結び文の形にして。一二 早くから。その時期が来ないうちから。一三 「消えぬべき露のわが身は物のみぞあゆふくさばに悲しかりける」（和泉式部集八八六）。この歌が誤って地の文に紛れ入ってしまった形。【補説】参照。「あやふ草」は「観身岸頭離根草」（和漢朗詠集七九〇、羅維）の、「根なし草」。「あやふ草は岸の額に生ふらむもげに頼もしからず」（枕草子六三段）。「危ふく多《さは》に」をかける。一四 露。全く。一五 「と」は「秋のうちは」詠以下ここまでの心情行動すべてを受ける。一六 如かじ。及ぶものはあるまい。一七 「同じ心にあり」と「有明」をかける。一八 取るに足りないものとは思われないが。対応するだけの文章を綴らず、返歌五首にとどめた事へのコメント。一九 即座に。二〇 張合いがない。通常ならぬ趣向の音信に対し早速の返書に張合い抜けした気持。二一 以下、女詠と第一句を揃えての返歌。二二 「ずして」の意。二三 寄りかかる、頼る意。二四 「……によって」の意の接尾語。二五 「人もあり」と「有明」をかける。二六 「あへなき心地」に対し、返歌に満足した気持。

【補説】「つれづれなるままに、心にうつりゆくよしなしごとを、そこはかとなく」書きつける行為は、兼好を俟たずとも、当代女性の日常の一つの過し方であった事は、源氏物語にも明らかであるが、本段はその見事なサンプルである。単なる古歌、あるいは心境詠の一首二首ではなく、叙景に託した感懐を、和歌五首を織り交ぜつつ流麗に描く。しかも、その第二首、「消えぬべき露の我が身は物のみぞあや《ゆ（集）》ふ草葉につけて悲しき《かりける（集）》」（正集八八六）が、書写の際の誤りから地の文に紛れ入って写し継がれているごとく、歌文は渾然一体をなして、秋の有明方の情趣を描破しつくしているのである。このようなものを手すさびに書き、しかも、あたかもその直前に訪問を受けながら誤って空しく帰してしまったのが宮であったと知るや、言いわけ、謝罪などせず、ただこの文章そのものを「引き結びて奉る」。それによって、「申しわけない行違いはありましたが、実は私もあの時、誰が今私と同じ心にこの月を見ているだろう、宮様こそ、と思っていたのです」の意をあらわしているのである。

いかに謝罪しても取り返しのつかない落度を、相手の思いもよらぬ方法で回復する。実際、このような見事な歌文は、失態を犯してのち取りつくろいの意で書けるものではあるまい。さればこそ、宮も初句を揃えて応答した即座の返歌に、「人もさは我が袖とのみ思ひけるかな」「同じ心に眺めけるかな」と納得しつつ、ちらと「今朝ぞくやしき」と「開けがたかりつる」不満を表明してこの一件を収束させている。古来、恋愛を主題とする文学のいずれにもおそらく見出だせない、巧みな、美しい行違い処理法である。本段の存在が、本記自作説の有力な証となり得るであろう事については、解説五―1を参照されたい。

なお、「消えぬべき」詠を歌として独立させていない誤りは諸本共通である所から、現存三系統本はそうした過誤を生じさせるような書き方をした一本から派生したものと考えられている。

一四　君をおきていづち行くらん

かくてつごもり《（晦日）》がたにぞ御ふみある。日ごろのおぼつかなさなどいひて、「あやしきことなれど、日ごろ[一]ものいひつる人なん、とを《（ほ）》く行くなるを、あはれと[二]いひつべからんことなんひとついはんと思ふに、それよりの給《（宣）》ふ事のみなんさはおぼゆるを、一つのたまへ」とあり。あな[三]したりがほ《（顔）》とおもへど、「さはえきこゆまじ」ときこえんもいと[四]さかしければ、「の給はせたることはいかでか」とばかりにて、」二八ウ

「おし《（惜）》まるゝなみだにかげはとまらなむ
こゝろもしらず[五]秋はゆくとも

さてその後、九月晦日頃になってお手紙が来た。大分御無沙汰したがなどとおっしゃって、「まことにおかしなお頼みだが、以前から交際していた人が遠国に行くという話なので、ああ、と心に残るような歌を一つ詠んでやりたいと思うのだが、あなたから詠んで下さる歌こそは、いつもそう思われるのだから、一つ詠んで下さい」とある。まあ得意そうに、そんな事、と思うけれども、「とてもそんな事はできません」と申上げるのもったいぶっているようだから、「おっしゃっていただいた事はどうして御辞退できましょう」とだけ言って、

「別れを惜しんで流す私の涙に、せめて面影だけは映ってとどまってほしい。こんなに思っている心も知らず、私に厭きて、秋と一しょにあなたは行ってしまうとしても。

六まめやかには七かたはらいたきことにも侍るかな」

とて、はしに、「さても、

君を丶（置）きていづちゆくらんわれだにも
うき世の中にしゐ（ひ）てこそ八ふれ（経）」

とあれば、「思ふやうなりときこえんも見しりがほなり。あまりぞをし（お）はかりすぐ九い給ふ。うき世のなかと侍るは、

うちすて丶たびゆく人は一〇Aさもあらばあれ
一一またなきものと君しおもはゞ」二九ォ

一三ありぬべくなん」との給へり。

【校訂考】

A底本「さも。《あらは》あれ」。寛元本・応永本「さもあらはあれ」。脱落と見て補入。

でもほんとの事申上げますと、随分虫のいいお頼みですわねえ」と書いて、余白に、「それにしても、

宮様を置いて、一体どこへ行くのでしょう。こんなはかない身の上の私だって（ただ宮様がいらっしゃるからこそ）、辛いこの世の中に、無理にもがまんして住んでおりますのに」

と申上げると、「実に思った通りの出来だ、と言うのも批評家めいて恐縮だが。でもあまり邪推が過ぎますよ、辛い世の中に……なんて言うのは。

私を捨てて旅に出てしまう人はそれはそれでいいんだよ、私を二人とない大事な人間だと、あなたが思ってくれるなら。

それでもう十分だよ」と言って下さった。

【他出和歌】
正集八九〇、人こひしきに、「をしまれぬ涙にかけて……心もゆかぬ……」。
正集八九一、「君をおきて……」。

【語釈】 **一** 愛人の意を婉曲に言う。**二** 言うに違いないような。**三** うまくやったという表情。**四** 賢し。小利口で好ましくない。**五** 「厭き」をかける。**六** 本心を言えば。**七** 関係ないが見苦しい。**八** 経れ。生きているのに。**九** 「過ぐし」の音便形。**一〇** それはどうでも構わない。**一一** 二つとない。**一二** 歌から続いた言葉の形。

【補説】 前段のような女の才気をまのあたりにした宮から、虫のよい注文が来る。鮮やかにこれに答えつつ、ちょいと皮肉を言う。「宮様に愛されながら、よそへ行ってしまうなんて一体どういう人？ 数ならぬ私だって、こうやってあてもないお情を待っているのに」。「いや、あなたさえ居ればいいんだよ、気にしなさんな」と取りつくろう宮。ちょっとした喜劇が、前後のしめやかな情景とよき対照をなして、変化をつけ、互いに引立て合う。

一五　あやしく濡るゝ手枕の袖

かくいふほどに一月《ひとつき》にもなりぬ。十月十日ほど

こんなやりとりをしているうちに、一月程もたってしまった。十月の十日頃においでになった。奥の部屋は暗

におはしたり。おく《(奥)》はくらくておそろしければ、はし《(端)》ちかくうちふ《(臥)》させ給ひて、あはれなることのかぎりの給《(宣)》はするに、かひなくはあらず。月はくもり〳〵、しぐるゝほど也。わざとあはれなることのかぎりをつくりいでたるやうなるに、思ひみだるゝ心ち《(地)》はいとそゞろさむきに、宮も御らむ《(覧)》じて、人の一びなげ《(便)》にのみいふを、あやしきわざかな、こゝに二かくてあるよなどおぼす。あはれにおぼされて。女、ねたるやうにて思ひ」二九ウみだれてふしたるを、ゝし《(押)》おどろかさせたまひて、

時雨にも露にもあてゞねたるよを
あやしくぬるゝ三たまくら《(手枕)》のそで

との給へど、よろづにものゝみ四わりなくおぼえて、御いらへすべき心ちもせねば、Aなにと物もきこえ

くて気味が悪いから、縁先近い所にお寝《やす》みになって、心にしみるやさしいお言葉のありたけをおっしゃって下さるのに、女のお返事も決して似つかわしくなくはない。月は時々曇っては時雨がそそぐ、そんな空模様である。意識して情趣深い情景のすべてを作り出したように見えるのに、女の思い乱れる気持はぞっと身にしみるようであるのを、宮もごらんになって、人は不都合な女だとばかりうわさするが、ふしぎな事だなあ、こうして実際に見るとこんなにしおらしいのに、などとお思いになる。しみじみかわいいとお思いになって。女は寝たように見せながら、さまざま思い乱れて横になっているのを、宮は揺り起されて、

「時雨にも露にも当てず、安らかに寝たはずなのに、ふしぎにも濡れる、あなたと交わした手枕の袖よ。どうした事でしょう」

とおっしゃるけれど、女はすべて何事も判断のつかない心境で、お返事する気持にもなれないから、何とも物も申上げないで、ただ月の光で見ると涙が流れているのを、

で、たゞ月かげに涙のおつるをあはれと御ら《覧》むじて、「などいらへもし給はぬ。はかなき事きこゆるも心[五]づきなげにこそおぼしたれ。い[六]とを《ほ》しく」との給《宣》はすれば、「いかに侍るにか、心ちのかきみだる心地」三〇ォのみして。みゝ《耳》にはとまらぬにしも侍らず。よ[七]しみたまへ。たまくらの袖、わすれ侍るお《折》りや侍る」と、たはぶれごとにいひなして。

[B]あはれなりつる夜の気色も、かくのみいふほどにやと、たのもしき人もなきなめりかしと心ぐるしくおぼして、「いまのまいかゞ」との給はせたれば、御返り、

けさのまにいまはけ《消》[八]ぬらん夢[九]ばかり
[一〇]ぬるとみえつるたまくらの袖

ときこえたり。わすれじといひつるをゝ《を》かしとお

いじらしいとごらんになって、「何で返事もしてくれないの。ちょっとした事を言うのも、お気に入らないみたいだ。困っちゃうなあ」とおっしゃるので、「どうしましたのでしょう、ただ気持が何とも知れず混乱いたしまして。でも仰せが耳に止まらないわけではございません。まあ、見ていて下さいませ。手枕の袖のお言葉、決して忘れませんわ」と、冗談事のように言いつくろってお別れした。

こんな、しみじみいじらしかった夜の様子につけても、あんなに言うからにはうそではあるまい、本当に頼りになる人もないのだろうと、かわいそうにお思いになって、「今、どうしていますか」と言っておよこしになったので、御返事に、

「ほんの今朝の間に、もう消えて、かわいてしまいましたでしょう。夢のようにほんの言いわけだけに濡れた、と思われた、あの手枕の袖は」

と申上げた。忘れませんと言った通りなのを、面白くお思いになって、お返事には、

ぼして、

ゆめばかりなみだにぬるとみ(見)つらめど
二ふしぞわづらふたまくらの袖」三〇ウ

「ほんのはかない夢ぐらい、涙にぬれただけと思ったかもしれないが、それどころじゃない、かわかないので寝るに寝られず困っているよ、この手枕の袖は」


【校訂考】

A底本「なと物も」。寛元本・応永本「なと」なし。「なにと」の脱字かと見て私に補う。【補説】参照。

B底本「かくのみいふほとにやと」と見せ消ち。寛元本「かくのみいふほとに」、応永本「かくてのみいふほとに」。

次の「なめりかしと」とあわせ、「と」の繰返しで両者併立の形と考え、削除せず。


【他出和歌】

正集八九二、人のかへりごとに、「あさのなに今はひぬらん……」。

【語釈】 **一**　便なげ。よろしくない様子。**二**　世間のうわさとは全く異なる純情な女の態度をいう。**三**　腕をあげて枕とする事。男女共寝の象徴。**四**　物事を処理しようにもできない状態。**五**　気に入らぬ様子。**六**　気の毒で困る。**七**　縦し。それはともかく。**八**　消ぬらん。消えてしまったでしょう。正集八九二には「ひぬらん」（かわいてしまったでしょう）とあり、この方が妥当か。**九**　ほんのちょっとだけ。「寝る」の縁語。**一〇**　「濡る」と「寝る」をかける。**一一**　応永本「ほしぞわづらふ」。「ふし」は「ほし」の訛音で「臥し」「乾し」を通わした技巧との説（玉井）もあるが如何。

【補説】「手枕の袖」の贈答の発端。たわいもない愛の睦言ながら、一七段にかけ、心情の起伏に伴って相互に巧みに用いられて、他の贈答とはまた一味違う面白みを見せている。なお校訂A「なと」は抹消記号こそないが当本の独自異文のため、諸注釈に衍と見なされているが、「なにと」の脱字と見た方が文の流れとして自然と見て私に改めた。B「と」の温存とともに、語りの語気を考えての処置であるが、「あはれとおぼされて」を「て止め」と考えた事（解説六参照）とともに、批判を俟つ。

一六　かしこへはおはしましなんや

（一）ひと夜の空のけしきのあはれにみえしかば、心A からにや、それよりのち心ぐるしとおぼされて、しば〳〵おはしまして、ありさま（有様）など御らむ（覧）じもてゆくに、世になれたる人にはあらず、たゞいとものはかなげにみゆるもいと心ぐるしくおぼされ二

あの夜の空の情景、女のふるまいが、いかにも印象深く思われたから、そのお気持からか、それ以後は女を大変いとおしくお思いになって、しげしげとおいでになって、様子をいろいろごらんになるにつけ、世慣れて男を適当にあしらうような人ではない、ただひたすら初心に頼りなげに見えるのも、本当にかわいそうに思召して、愛情をこめてやさしくおっしゃるには、「本当にこんな

て、あはれにかたらはせ給ふに、「いとかくつれ〴〵にながめ給ふらんを、[三]思ひおきたることなけれど、たゞ[四]おはせかし。世のなかの人もびん《便》なげにいふなり。時〻《々》まいれ《参》ばにや、[五]み《見》ゆる事もなけれど、それも人のいときゝにくゝいふに、又[六]たび〳〵かへる」三一ォほどの心ちの[七]わりなかりしも、[八]人げなくおぼえなどせしかば、いかにせましと思ふおり《を》〳〵もあれど、ふるめかしき心なればにや、きこえ《聞》たえ《絶》ん事のいとあはれにおぼえて。さりとてかくのみはえまいり《参》く《来》まじきを、まこと[九]にきくことのありてせい《制》することなどあらば、[一〇]そら《空》ゆく月にもあらん。もしの給ふ《宣》さまなるつれ〴〵ならば、[一一]かしこへはおはしましなんや。人などもあれど、[一二]びむ《便》なかるべきにはあらず。も

にする事もなく淋しく暮していらっしゃるのなら、私としてもはっきりどう扱ってあげるか決めたわけではないけれど、とにかく私の所にいらっしゃいよ。こんなに通って来るのも、世間の人は不都合な事に言うようです。時々しかうかがわないから、そんなに目立つわけでもないけれど、それでも人はひどく外聞の悪いうわさをするし、又都合が悪くて度々すごすご帰る時の気持の不愉快だったのも、人間らしく扱われていないような気分がしたから、どうしよう、もう縁を切ろうかと思う折々もあったけれど、昔風な性格だからでしょうか、音信を止めてしまうのが何とも悲しく思われまして。でも、こんなふうにしてばかりはとても通って来られないのに、本当に大げさに問題になって、外出を止められるような事になったら、まるで空を行く月のような手の届かない仲になってしまうでしょう。もしおっしゃる通りの淋しいお暮しなら、私の所にいらっしゃいませんか。いろいろな人もいますけれど、そんなに不都合な事はありません。もともと、こんな色めいた出歩きは似合わない身だからでしょ

とよりかゝるありき《歩》につきなき身なればにや、人もなき所に一三ついゐ《衛居》なども」三二ゥせず。をこなひな《お》どするにだにたゞひとりあれば、おなじ心に物かたりきこえてあらば、なぐさむことやあると思ふなり」などの給《宣》ふにも、げにいまさらさやうになら《慣》ひなきありさまはいかゞせんなど思ひて、一四一の宮のことも一五きこえきり《切》てあるを。さりとて一六山のあなたにしるべする人もなきを、かくてすぐすも一七あけぬ夜の心ちのみすれば、はかなきたはぶれごともいふ人あまたありしかば、あやしきさまにぞいふべかめる。さりとてことざま《異様》一八のたのもし」三二ォきかたもなし。一九なにかは、さても心みんかし。二〇北の方はおはすれど、たゞ二一御かた〴〵にてのみこそ。二二よろづのことはたゞ御めのと《乳母》のみこそすなれ。

うか、人のいない所にかがみこんでお逢いする機会を待つ、というのもやりにくいのです。仏様のお勤めだってたった一人でしているのですから、同じ気持でお話相手になっていただいて過す事ができたら、心を慰めて楽しく過せるのではないかと思うのです」などとおっしゃるにつけても、本当に今さら、そんなした事もない生活はどうして出来ようかと思って、(そういう女房勤めとしては)一の宮へのお宮仕えの件もおことわりしてしまってあるのに。だけれどもまた、出家したいといっても導いて下さる仏道の師というような方もないので、このように空しく過しているのも明ける時のない無明の夜のような空しい気持がするから、そこにつけこんでとりとめもない冗談事を言い寄って来る人も何人もあったから、それを取立てて悪いうわさを立てるのだろう。だからといって、宮様以外にそんな頼もしく言ってくれる人もいない。いっそのこと、ためしに仰せに従ってみようかしら。北の方はいらっしゃるけれど、まるで御別居同様だそうだし、御身の廻りの事はただ御乳母がお世話しているとい

[三三]けせう《顕證》にてい[三四]でひろめかばこそはあらめ、さるべきかくれなどにあらんには、[三五]なでうことかあらん。このぬれぎぬはさりともきや《着止》みなんとおもひて、「なにごともたゞわれよりほかのとのみ思ひ玉《給》へつゝすぐし侍るほどのまぎらはしには、かやうなるおり《折》たまさかにもまちつけきこえさするよりほかの事なければ、たゞいかにもの給はするまゝにと思ひ」三二ゥたまふるを、よそにてもみぐるしきことにきこえさすらん、ましてまことなりけりとみ侍らんなむ、かたはらいたく」ときこゆれば、「それはこゝ[三六]にこそともかくもいはれめ。見ぐるしうはたれかは見ん。いとよくかくれたるところつくりいでゝきこえん」など、たのもしうの給はせて、よふかくいでさせ玉ひぬ。

う話だ。大ぴらに出しゃばったら悪かろうが、適当な目立たない場所にそっと居るのなら何程の事があろう。そうすれば、宮様が他の男と関係があろうとお疑いになる、その濡衣だけはいくら何でも晴らせるだろうと思って、「どんな事も皆、自分より外に原因はないのだとばかり思いあきらめながら過しております間の心慰めには、こんな宮様おいでの折を、ほんのたまたまにでもお待ち受け申上げるより外の事はないのでございますから、ただもう何であろうと、仰せのままにいたしましょうと思っておりますけれど、よそにいてお通いになるというのでさえ見苦しい事に申上げるのでしょう、ましてや本当に御殿に上ったのだと知られますのが、何とも気がとがめまして」と申上げると、「それは、私こそとかくの非難もされようが、あなたの事を見苦しいとは誰が言うものか。ちゃんとうまく、人に知られない居場所を用意してお呼びしよう」などと、頼もしそうにおっしゃって、夜の深いうちにお帰りになった。

格子を上げたままで、こんなお話をし、お見送りもし

二七かうし《（格子）》をあげながらありつれば、たゞひとりはし《（端）》にふしても、いかにせましと、人わらへBにやあらんと、さまぐ\におもひみだれてふしたるほどに、御ふみあり。」二二オ

露むすぶみちのまにく\あさぼらけ
ぬれてぞきつる手枕の袖

このそでの事ははかなきことなれど、おぼしわすれでのたまふもをかし。

みちしば《（道芝）》の露におき二八ゐる人により
わがたまくらの袖もかは《（わ）》かず

たのだから、そのまま端近に横になっていながらも、しかしやはりどうしようか、物笑いになるだろうにと、あれやこれや思い乱れて寝ていると、お手紙があった。

「露の置く道をたどりたどり、朝早く、すっかり濡れて帰って来たよ。ほら、この手枕の袖をごらん」

この袖の事は、ちょっとした冗談のような事だったけれど、お忘れにならずこんなに言って下さったのも面白い。

「朝帰りの芝の露に濡れながら、さっさと起きて帰ってしまわれた方のせいで、私の手枕の袖こそ、かわかすすべもないほど濡れておりますわ」

【校訂考】

A底本「け」を欠く。寛元本・応永本「けしき」。これを妥当と見て補入。

B底本「人わらへれにや」と見せ消ち。寛元本「人わらはれになることや」。応永本「人わらはれなる事や」。「れ」抹消を妥当と見て削除。但し「人わらハれ」の誤写とも考えられる。意味は同じ。

【他出和歌】

正集八九三、おなじ人の返りごとに、「道芝の露とおきゐる……」。

【語釈】 一 前段の情景。空の気色のみならず、思い乱れた女の姿をも含めての叙述であろう。二 心の思いなし。三 人並みでなく。九 胸の内に決断した事。四 宮邸へ。五 他人に見られる。六 逢えなくて。七 何とも耐えがたい。八 目上の人々の耳に入って禁制される事。一〇 無縁の存在。一一 宮邸。一二 便宜。一三 膝をついて仮に坐る。逢瀬の機をうかがう姿勢。一四 誰に比定すべきか諸説ある。【補説】参照。一五 出仕の勧めをはっきりことわった意。文はここで切れ、下に「どうして同様の女房勤めができようか」の意を含ませる。一六 「み吉野の山のあなたに宿もがな世のうき時のかくれがにせむ」（古今集九五〇、読人しらず）。出家隠遁の意。一七 無明長夜。一八 異様。宮以外の、風評にのぼる人々。一九 いやなに。前段「げにいまさら」以下の逡巡を振り切る口吻。二〇 →二段注二〇。二一 和合していない意。二二 宮の身辺万事。二三 顕證。あからさまに。二四 あちこちふらふらする。二五 何という。二六 宮の行動についてこそ。二七 外界に面した建具。格子状に組んで裏に板を張り、上部は吊上げ、下部は取外すように作る。二八 「起き」に露の縁語「置き」をかける。

【補説】 思いあぐねた宮は、ついに宮邸に据える件を切り出す。その提案、女の逡巡、ともに委曲を尽くしたねんごろな筆致であり、両者、両様の「手枕の袖」で、巧みにまとめられている。ここにこれだけ念入りな叙述がなされていればこそ、以下巻末まで繰返される、種々に揺れ動く感情・事態の推移が、前後撞着の感なく読了し得るのである。

「一の宮」は通説では冷泉院第一皇子師貞親王――花山院、すなわち敦道親王の異腹の長兄をさすとするが、すでに退位出家後十七年、36歳にもなっている、しかも昌子所出ならぬ法皇を、式部一家がいかに冷泉院皇后昌子内親王と親近の縁があるとしても、「御身内的な親しさを奥にひめて」（全講）このように呼ぶとは考え難い。春宮（三条帝）の一の宮（敦明、10歳）・一条帝の一の宮（敦康、5歳）のいずれかであろう。

一七　手枕の袖にも霜はおきてけり

その夜の月のいみじうあかく《明》すみ《澄》て、こゝにもかしこにもながめあかして。つとめて、れいの御ふみつかはさんとて、「わらは《童》まい《ゐ》りたりや」とゝ《問》はせ給ふほどに、女も霜のいとしろきにを《お》どろかされてや、」三三ウ

たまくらの袖にも霜はを《お》きてけり
けさうちみればしろ《白》たへ《妙》にして

その夜の月は大変明るく澄み切っているのを、私の方でも宮の御殿でもお互いに眺め明かした。宮が早朝、例によってお手紙をやろうとお思いになって、「童は参っているか」とおたずねになっている所に、女も霜がまっ白に降りたのにはっと気づかされてか、

「まあ、手枕の袖にも、露じゃなくて霜が置きましたよ。今朝ふと見たらば、まっ白になって」

と申上げた。ああくやしい、先を越された、とお思いになって、

ときこえたり。ねたう、一せんぜ《先》られぬるとおぼし
て、

　　つまこふと二おきあかしつるしも《霜》なれば

との給《宣》はせたるいまぞ、三人まい《ゐ》りたれば、御けし
Aきあしうて。
四「とはせたればとくまい《ゐ》らで。いみじう五さいな
むめり」とてとらせたれば、もて《持》ゆきて、B「まだ
これよりきこえさせ給はざりけるさきにめしける
を、いまゝでまい《ゐ》らずとてさいなむ」とて御ふみ
とりいでたり。六「よべ《昨夜》の月はいみじかりし物かな」
とて、」三四オ

　　ねぬる夜の月はみるやとけさは七しも
　　おきゐてまてどゝふ《訪》人もなし

げに八かれ《彼》よりまづの給ひけるCとみるもをかし。

「愛する人を恋い慕う思いで起き明したので、そのせいで置いた霜だから……」

と、歌の上の句を口ずさまれたちょうどその時、（童の参上を告げに）やっと侍臣が参ったので、御機嫌が悪くていらっしゃる。

　取次の侍臣が、「おたずねになったのにすぐ参上もしないで。ひどくお怒りのようだぞ」と言って童にお手紙を渡したので、持って行って、「まだこちら様からのお手紙の届かないうちに、先にお文使いをとお呼びになりましたのに、今まで遅刻したと大変に叱られました」と言ってお手紙を取出した。それには、「昨夜の月はすばらしかったですね」とあって、

「お逢いしてお別れした後の、あの美しい月は見ておられたか、それなら何かお便りがありそうなものと、今朝は霜の置くのに起きて待っているけれど、音信をよこす人もいない」

本当に、あちらから先に言っておよこしになる所だったのだな、と了解されるのも面白い。

九まどろまでひと夜ながめし月みると一〇
おきながらしもあかしがほなる

一一ときこえて。このわらはの「いみじうさいなみつる」といふがをかしうて、はし(端)に、

「しものうへにあさひさすめりいまはゝや(早)
一二うちとけにたる気色みせなん

いみじうわび侍るなり」とあり。

「けさ、したりがほにおぼしたりつるもいとねたし。このわらはゝ、」三四ウころしてばやとまでなん。

あさ日影さしてきゆべきしもなれど
うちとけがたき空のけしきぞ

とあれば、「ころさせ給ふ一三べかなるこそ」とて、

君はこずたま〳〵みゆるわらはをば
一四いけともいまはいはじとおもふか

「私は一睡もせずに月を眺めておりましたのに、宮様は霜の置く頃やっと起きて、さも一晩中起き明したような顔をなさいますのね」

と申上げた。この童が、ひどく叱られたとしょげているのがおかしくて、手紙の端には、

「霜の上に朝日がさして、とけはじめたようです。宮様もお怒りを解いて、もう今は童をお許しになって下さいませ。

大変困りはてているようですもの」と書き添えてある。

宮は御覧になって、「今朝、出し抜いたと得意になっておられたのが何ともくやしい。この寝坊の童は、殺してやりたいぐらいだよ。

朝日の光がさして、もう消えるはずの霜だけれど、いやどうして、なかなかとけるわけには行きそうもない空の様子だよ。あなたはそう言うけれどかんべんできないね」

とおっしゃるので、「まあ、殺しておしまいになろうなんて」と言って、

ときこえさせたれば、わらはせ玉《給》ひて、
「ことはり《わ》やいまはころさじこのわらは
しのびのつまのいふことにより
手枕の袖はわすれ給ひにけるなめりかし」とあれば、
人しれず心に一五かけてしのぶるを」三五オ
わするとやおもふたまくらの袖
ときこえたれば、
ものいはでやみなましかばかけてだに
おもひいでましや手枕のそで

「宮様は来て下さらないし、やっと時折姿を見せて御消息を伝えてくれる童にも、生きて居よ、そしてお使に行けとは、もう言うまいとお思いなのでしょうか」

と申上げたらば、お笑いになって、

「わかったわかった、もう殺すまいよ、この童は。ないしょのかわいい人の託言に免じて。

ところで、手枕の袖は忘れてしまったんでしょうね」とおっしゃるから、

「誰にも知られないように、心の中に絶えず保ち続けて大切に思っておりますのに、忘れるとお思いですか、あの手枕の袖を」

とお答えすると、

「そんな事を言うけれど、私が何も言わずにそのままにしていたら、まるっきり思い出しもしなかったろうに、手枕の袖の事なんか」


【校訂考】

A底本「あし《う》て」と傍書。寛元本・応永本「あしうて」。脱落と見て補入に従う。

B底本「又」。寛元本・応永本「また」。「まだ」の意と見て改訂。

C底本「の給ける。と《なめり》」。寛元本「のたまはせけると」、応永本「の給そと」。「のたまひける」の言い切りで感銘の意を示すものと見て、補入に従わず。【補説】参照。

D底本「おほし《たり》。つる」。寛元本・応永本「おほしたりつる」。存続の意をあらわす「たり」のある形が、現在までの女の心境を察する言としてふさわしいと判断して補入。


【他出和歌】


正集三九二、霜の白き朝寒、「手枕の……おきけるを……」。

正集三九三、人のかへりごとに、「まどろまで……月みれば……あかしがほなり」。

正集三九四、おそく参り、いみじく侘ぶれば、「霜の上に……」。

正集三九五、「君はこず……いはじとぞ思ふ」。

正集三九六、手枕の袖は忘れ給ひにけるか、とのたまはせたるに、「人しれず……しのぶをばまくるとやみる……」。

【語釈】 **一** 先ぜられ。先んじられた意。**二**「起き」に霜の縁語「置き」をかける。女への返歌を案ずる趣。**三** 童の参上を告げる取次の侍臣。**四** 侍臣が童に宮の意向を伝える言葉。「問はせ」は宮の行動に対する敬語。【補説】参照。**五** とがめ、責める。**六** 夜部。昨晩。**七** 助詞「しも」に「霜」を、「起き」に「置き」をかける。**八**「訪ふ人もなし」の詠により、女の贈歌以前に詠み送ろうとしたものと納得。**九** 女が。**一〇** その月を宮は。「起き」「しも」の掛詞は前歌に同じ。**一一** 文はここで切れる。解説六参照。**一二** 霜がとける意と怒りを解く意をかける。次詠も同じ。一三「べかなり」は「するはずのようだ」。一四「行け」と「生け」をかける。一五「袖」の縁語。しっかりと思って。宮の返歌、「かけてだに」は「ほんの少しでも」の意に転じて用いる。

【補説】 冒頭の女の詠、「手枕の袖にも霜はおきてけり」は、前段末の「露」を受けての即座の興で、いかにも面白い。これまで常に第五句にあった「手枕の袖」を、一・二句に持って来た所に、生き〳〵とした驚き、喜びがある。「今朝はしもおきゐて」などと平凡な秀句しか浮ばない宮が、先んじられたくやしさに重ねて「ねたう」いら立ったのも無理はない。その矛先を向けられた童こそ災難である。

次の叱責の一節は諸注釈若干解の分れる所であるが、音読した場合のなだらかさ、語気の自然さと、侍臣の介在を考慮に入れて、いずれともやや異なる解釈を示した。宮と小舎人童の間の身分の懸隔を考えると、「いとけぢかくおはしまして」（一段）ともある通り、内々のある程度の下問応答は直接なされる場合もあろうが、失態をとがめる場合には、面と向って叱責しては貴人は品格を欠き、従者は立場がない。間に立つ侍臣が主の意を体して適正にこれを伝えるのが妥当なあり方である。「とく参らで」は難詰を示す強い言い切りの形（解説六参照）。「とはせたれば」の敬体、「さいなむめり」の推量、ともに仲介侍臣の言葉である事を証する。次の童の女に対する弁解も、叱られた言葉をおうむ返しに繰返して愬えている情景として生きている。

宮の文を見ての女の思い、「げにかれよりまづのたまひける」と切れる言い方は、二二段にも見え、ともに宮詠に触発された女の感興を示す。底本補入「なめり」が後人のさかしらである事、明らかであろう。

六段に続き、「この童、殺してばや」と過激な言葉が吐かれるが、女のとりなしはまことに巧みで宮の笑いを誘い、再び「手枕の袖」のやりとりで結ぶ。

一八　なか〳〵なれば月はしも見ず

かくて二三日をと《(音)》もせさせ給はず。たの《(頼)》もしげにの《(宣)》給はせしこともいかになりぬるにかと思ひつゞくるに、ゐもね《(寝)》られず、めもさましてねたるに、夜やう〳〵ふけぬらんかしと思ふに、かど《(門)》をうちたゝく。あなおぼ《(覚)》えなと思へど、ゝ《(問)》はすれば宮の御ふみなりけり。おもひかけぬほどなるを、心やゆきてとあはれに」三五ウおぼえて、つまど《(妻戸)》を《(お)》しあけてみれば、

　見るや君さ夜うちふけて山のはに
　くまなくすめる秋の夜の月

うちながめられて、つねよりもあはれにおぼゆ。

こうして、その後二三日、何の音信もして下さらない。いかにも頼もしそうに言って下さった宮邸入りの事も、一体どうなったのだろうかと思い続けていると、寝るにも寝られない、目をさましたまま横になっていると、夜も随分更けたろうと思う頃に門をたたく音がする。まあ思いもよらないこと、と思ったけれど、たずねさせると、宮のお手紙だった。思いがけぬ時だったので、あのように思っていた心が行って、宮様のお夢の中にでも入ったのだろうかと感深く思われて、妻戸を開けて月の光で見ると、

「ごらんですか、あなた。夜がすっかり更けて、山の端に近づきながら、なお残る隅《くま》なく澄み渡っている、秋の夜の月を」

しみじみと味わわれて、ふだんよりも一入おいとしく思

かど《門》もあけねば、御つかひまちど《待遠》をにやおもふらんとて、御返し、

ふけぬらんと思ふ物からねられねど
なか〳〵なれば月はしもみず

とあるを、三ゝした《押》が《違》へたる心ちして、なを《ほ》くちをしくはあらずかし、いかでちかくてかゝるはかなしごともいはせてきかんとおぼし」三六ォたつ。

二日ばかりありて、女車のさまにて四やをらおはしましぬ。五ひる《昼》などはまだ御らんぜねばはづかしけれど、さまあしうはぢ《恥》かくるべきにもあらず、又の給ふさまにもあらば、はぢきこえさせてやはあらんずるとて、ゐざりいでぬ。日比のおぼつかなさなどかたらはせ給ひて、しばしうち六ふ《臥》させ玉《給》ひて、「このき七こえさせしさまに、はやおぼした

う。門もまともに開けず、外に待たせていたので、お使が待ち遠しく思うだろうと思って、とりあえずのお返事、

「仰せでございますが、さぞ夜は更けたろうと思いつつも寝られませんけれど、かえって物思いがまさりますから月は見てはおりません」

と申上げたのを、意表をつかれた思いがして、やはり隅に置けない女だ、何とかして側近く呼んで、こんな何とはなしの会話の相手をさせて聞きたいものだとお思い立ちになる。

二日ばかりして、女車のようによそおって、そっとおいでになった。昼間などはまだお目にかかった事はないのではずかしいが、みっともなく逃げ隠れてよいものでもない。またおっしゃるように御殿に上る事にでもなるなら、はずかしがって御遠慮しても居られないと思って、いざり出て御対面した。日頃逢えなかった残念さなどお話しになって、暫くの間横になられて、「この所言っているように、もう決心なさいよ。こんな忍んでの外出は、いつも工合が悪いと思うのだけれど、だからといって来

て。かゝるありきのつねにうゐ〱《初々》しうおぼゆるに、さりとてまいら《ゐ》ぬはおぼつかなければ、はかなき世の中にくるし」との給《宣》はすれば、「ともかく」三六ウもの給はせんまゝにと思ひ給ふるに、八みてもなげくといふことにこそ、おもひ玉《給》へわづらひぬれ」ときこゆれば、「よしみたまへ、九しほやきごろも《塩焼衣》にてぞあらん」との給はせていでさせ玉ひぬ。

まへ《前》ちかきすいがい《透垣》のもとに、をかしげなる一〇まゆみ《檀》の紅葉の、すこしもみぢたるをおら《折》せ玉ひて、かうらん《高欄》にを《お》しかゝらせたまひて、

　ことの葉ふかくなりにけるかな

とのたまはすれば、

　しら露のはかなくを《お》くとみしほどに」三七オ

ときこえさするさま、なさけなからずをかしとお

なければまた逢いたくて仕方がないから、頼りにならない世の中でこうしているのは全く苦しいよ」とおっしゃるので、「ともかくも仰せの通りにいたしましょうと思ってはおりますが、『親しくなればなったで又苦しい事もまさる』という事もありますので、どうしたらよいか迷っております」と申上げると、「まあためしにやってごらんなさいよ。『親しい仲になってこそ一層恋しさもまさる』というじゃないか」とおっしゃって帰ろうと外にお出になった。

縁先近い透垣の所に、風情のある檀《まゆみ》の紅葉が、少し色づいているのをお折りになって、高欄に寄りかかって、

「あなたと私の会話の言葉のように、この檀の葉もとても色深くなったよ」

とおっしゃるから、

「檀の葉に白露がほんのかりそめに置く、そのようなおつきあいだと思っておりましたうちに」

と申上げる様子を、風情があって面白いとごらんになる。宮の御姿がまた、実にすばらしい。御直衣の下から、何

ぼす。宮の御さま、いとめでたし。御なをし(直衣)に、えならぬ御ぞ(衣)、[二一]いだしうちき(出桂)にしたまへる、あらまほしうみゆ。めさへあだ[二二]〳〵しきにやとまでなBん。

又の日、「昨日の御気色のあさましうおぼいたりしこそ、心うきものゝあはれなりしか」とのたまはせたれば、

「かづらき(葛城)[二三]のかみ(神)もさこそはおもふらめ
くめ地(久米路)[二四]にわたすはし[二五]たなきまで

わりなくこそ思ひたまふらるれ」ときこえければ、・

たちかへり、」三七ウ

[二六]をこなひ(行)のしるしもあらばかづらきの
はしたなしとてさてや[二七]ゝみ(止)なん

などいひて、ありしよりは時ゝ(々)おはしましなどす

ともしゃれたお召を、出し袿にしていらっしゃるのが、全く申し分なく理想的と見える。自分の目まで色っぽくなってそう感じるのだろうかと思うほどだ。

次の日、「昨日、昼間にお逢いしたのをとんでもない事に思っていらした御様子こそ、他人行儀なと思いつつもかわいらしくてなりませんでしたよ」と言ってよこされたので、

「醜いのをはずかしがる葛城の神様も、きっと私のように思ったでしょう。夜中に渡すはずの久米の岩橋ではありませんが、昼間にお目にかかるなんてほんとにはしたないと思って。

何とも工合の悪かったこと、と思っております」と申上げたところ、又すぐに、

「役の行者ではないが、私の毎度の修行に効験があるならば、葛城の神ならぬあなただって、はずかしいと言っていつまでも逃げかくれてはいられまいよ」

などとおっしゃって、以前よりは足繁くおいでになったりするから、この上なく物淋しさも慰められる感じがす

れば、こよなくつれ〴〵もなぐさむ心ちす。

——る。

【校訂考】

A底本「はやゐさりいてぬ」と見せ消ち。寛元本・応永本「ゐさりいてたり」。「はや」は無意味、衍と見て削除に従う。

B底本「とまてなん《おほゆ》。」寛元本「とおほゆ」、応永本「とまておほゆ」。「おほゆ」は直前の「みゆ」と重なって拙劣。余韻を残した「なん」を正しいと見て改訂せず。

【他出和歌】

正集三九七、月は見るや、とのたまはせたるに、「ふけぬらんと……」。

正集三九八、まゆみの木のおいたるを見せ給ひて、「ことはふかくも……」。

正集三九九、とのたまはすれば、「白露の……」。

【語釈】 **一** 寝《い》も。寝ようにも。**二** 「思ひやる心やゆきて人しれず君が下紐ときわたるらん」（新撰和歌三三四）。他に「夜な夜なは目のみ覚めつつ思ひやる心や行きておどろかすらん」（後拾遺集七八五、道明）もあるが、作者との恋愛関係も伝えられる同時代人の詠であり、引歌と見るには不適切であろう。**三** 押し違へたる心地。「見るや君」の問いかけに対し、「なか〳〵なれば見ず」と答える、相手の意表を衝く才気。**四** こっそりと。**五** 当時、男女の逢瀬は夜に限られる。**六**　この間、情交。**七**　宮邸入りをさす。**八**　引歌あると思われるが未詳。「見ても思ひ見ずても思ひ大方は我が身一つや物思ふ山」（古今六帖九一二）を引くか。**九**　「伊勢のあまの塩焼衣なれてこそ人の恋しき事も知らるれ」（古今六帖三二八七）**一〇**　檀。ニシキギ科の落葉樹。紅葉が賞美される。**一一**　直衣の裾から、袿の裾を出して着るしゃれた着方。**一二**　色めいた事に敏感な意。**一三**　大和の葛城山にいた一言主神。役の行者から、金峰山との間に岩橋をかけよと命ぜられたが、容貌の醜いのを恥じて夜だけ働き、完成しなかった。**一四**　久米路。岩橋を渡すべき道筋。奈良県御所市辺。**一五**　「久米路の橋」に「はしたなし」（はずかしい）をかける。**一六**　役の行者の法験に自分の誠意をよそえる。**一七**　このままではすまされまい。

【補説】「見るや君」の呼びかけに対し、「なか〱なれば月はしも見ず」と答える女。意外性に打たれ、その才にいよ〱心ひかれた宮は、はじめて昼訪れる。八段とただ二箇所の服飾描写、本段の方がやや具体的ながら、他作品にくらべては問題にならぬ簡略さだが、「目さへあだ〱しきにやとまでなん」の結語はまことにユニーク、必要にして十分な叙述である。またこれに先立つ連歌唱和も、簡潔の中に情景現前、宮の艶姿を際立たせている。「ありしよりは時々おはしまし」、「つれ〲もなぐさむ」和みが快く、これあるがゆえに、次段の一波瀾がまた一入の興趣を添えて味わえる。なお服飾描写については解説五―2参照。

一九　もみぢ葉は夜半の時雨に

かくてあるほどに、又よからぬ人〳〵ふみを《お》こせ、又A身《自》づからた《立》ちさまよふにつけても、よしなき事のいでくるに、まい《ゐ》りやし一なましとおもへど、猶つゝましうてすが〳〵しうも思ひたゝず。

し《霜》もいとしろきつとめて、

わがうへは二ちど《千鳥》りもつげじおほとり《大鳥》の」三八オ
は《羽》ねにもしもはさやはお《置》きける

ときこえさせたれば、

三月も見でね《寝》にきといひし人のうへに
おき四しもせじをおほとりのごと

との給《宣》はせて、やがてく《暮》れにおはしましたり。

こうして過しているうちに、又妙な下心を持った人々が手紙をよこし、自分でもやって来てうろうろするにつけて、見っともない事も起ったりするから、いっそ宮の御殿に上る決心をしようかと思いつつも、やはり遠慮する気持もあって、さっぱりとも決心できない。

霜のまっ白に置いた早朝、

「宮様を思い明かして、私の袖の上に霜が置いたとは、あのおしゃべりの千鳥もお知らせはしないでしょう。大鳥の羽――宮様のお袖にも、霜はこんなに置いていますかしら。そんなには思って下さらないのでしょうね」

と申上げたら、

「何だ、いつかのあのいい月だって見ないで寝たと言った、そんな人の上に、霜なんて置くものか、大鳥、こ

「このごろの山のもみぢはいかにをかしからん。いざ玉《(給)》へ。みん」との給へば、「いとよく侍るなり」と五きこえて。

その日になりて、「けふは物いみ《(忌)》」と六きこえてとゞまりたれば、「あなくちおし《(口惜)》、これすぐしてはかならず」とあるに、その夜の時雨つねよりもB木ゝ《(々)》の木の葉のこりありげもなく」三八ウきこゆるに、めをさまして、「七風のまへなる」などひとりごちて、みなちりぬらんかし、昨日みでと、くちお《(を)》しうおもひあかして。つとめてみやより、

「神無月よにふりにたる時雨とや
けふのながめはわかずふるらん

さてはくちお《(を)》しくこそ」とのたまはせたり。

時雨かもなにゝぬれたるたもとぞと

の私の袖の上のようには」

とおっしゃって、早速その暮においでになった。「この頃の山の紅葉はどんなにきれいだろう。さあ、行こうよ、見に」とおっしゃるので、「それはとても楽しみでございますね」と申上げた。

ところが当日になって、宮様の方から「今日は物忌になった」というお知らせで中止になったので、「ああ残念。この物忌が過ぎたら必ず行こうね」というお便りをいただいたところ、その夜の時雨がふだんよりもひどく降って、木々の葉も残らず散ってしまいそうに聞えるのに、目をさまして、「風の前の木の葉よ」などと独り言を言って、これではみんな散ってしまっただろう、昨日見に行かなくて……」とくやしい事に思い明かした。早朝、宮から、

「十月という季節だから、世間一般、当然の事としての時雨と思って、あなたの眺めの中では、今日の長雨は何の事もなく降っているでしょうね（でもこれは、紅葉見に行きそこなった私のくやし涙なんですよ）。

さだめかねてぞ我もながむる

とて、「まこと[八]や、

もみぢばゝ《(は)》夜半の時雨にあらじかし」三九ォ

きのふ山べ《(辺)》を見たらましかば

とあるを御らむ《(覧)》じて、

そよやそよなどて山べをみざりけん

けさはくゆれ《(悔)》どなにのかひなし

とて、はしに、

あらじとは思ふものからもみぢばの

ちりやのこれるいざ行きてみん

とのたまはせたれば、

「うつろはぬときは《(常盤)》の山も紅葉せば

[九]いさかしゆきてとふ[一〇]〳〵もみん

[一一]ふかく《(不覚)》なることにぞ侍らんかし」

(私の気持が)わかっていただけないでは残念です」とおっしゃった。それで、

「時雨かしら、それとも涙かしら、何で濡れた袂だろうと決めかねて、私も今日の長雨を眺めております」

と書いて、「ああそうそう、

紅葉は夜中の時雨で散ってしまったでしょうね、昨日山を見に行ったらよかったのに」

と申上げたのを宮はごらんになって、

「そうだよそうだよ、何で山を見に行かなかったんだろうねえ。今朝になって後悔しても、何の役にも立たないよ」

とお書きになって、余白に、

「もうあるまいとは思うけれど、もしかして紅葉が散り残っているかもしれない。さあ行って見よう」

とおっしゃったので、こうお答えした。

「絶対に色の変らない、常盤の山でも紅葉するものなら、さあ行って、たずねたずねながらも見ましょうよ。

間の抜けた事でございましょうよねえ」

[一二]一日おはし」三九ゥましたりしに、「さはること
ありてきこえさせぬぞ」と申し《(し)》ゝをおぼしいでゝ、
[一三]たかせ《(高瀬)》舟はやこぎいでよさ《(障)》[一四]はること
さしかへりにしあしま《(芦間)》わけたり
ときこえたるを、[一五]「おぼしわすれたるにや。
[一六]やまべ《(山辺)》にもくるまにのりて行くべきに
たかせの舟はいかゞよすべき」
とあれば、
[一七]もみぢ葉のみにくるまでもちら《(散)》ざらば
たかせの舟のなにかこがれん
とて。

宮はこれをごらんになって、いつぞやおいでになった時、女が「差支えがあってお目にかかれません」と申上げたのを思い出されて、その時、後になって女が、「高瀬舟が漕ぎ出すように、さあ宮様、早速おいで下さい。障りとなった芦の茂みを分けるように、差支えの事はもうすっかりなくなりましたから」と申上げた事を持出して、「あれをお忘れですかね（あなただって一遍ことわったあとでさあいらっしゃいなんて、間の抜けた事を言ったじゃないか）。行きにくい山だって車に乗れば行けるけれど、あなたのようにおっかない人の所には、高瀬舟なんてとても寄せられないよ」とおっしゃるから、

「紅葉が車で見に来るまでも散らないように、心長くおまかせできる宮様のお気持でしたなら、私だって高瀬舟が漕がれるように、何で恋いこがれていらいらいたしましょう。そこの所がはっきりしないから、あんないやな事も申上げるのですわ」

―とお返事した。

【校訂考】

A底本「。《又》みつからも」。寛元本「みつからなとも」、応永本「又身つからも」。前文と「又」が重なるが、「女自ら」と誤解せぬために必要と判断し、補入。

B底本「。《木丶》の木の葉」。寛元本「木丶の木の葉」、応永本「木丶のこの葉」。脱落と見て補入。

C底本「いさも《か》し」。寛元本・応永本「いさかし」。誤りと見て改訂に従う。

【他出和歌】

正集三九九、霜の白きつとめて、「我が上は千鳥はつげじ……羽にしもなほさるはおかねどに」。

正集四〇〇、人のかへりごとに、「しもがれも何にぬれたる……」。

正集二三一、宮より、紅葉見になむまかるとのたまへりけれど、その日はとどまらせ給ひて、その夜風のいたく吹きければ、つとめて聞ゆ、「紅葉ばは……」。

正集四〇一、「うつろはぬ……いかがゆきてのことごとにみん」。

正集四〇二、「高瀬舟……さはるとて……」。

【語釈】 一「してしまおうか」の意。二「大鳥の羽に　やれな　霜降れり　やれな　誰かさ言ふ　千鳥ぞさ言ふ　かやぐきぞさ言ふ　みとさぎぞ　京より来てさ言ふ」（風俗歌「大鳥」）。宮を大鳥にたとえる。三　一八段「なか〱

なれば月はしも見ず」をふまえる。四　強調の副助詞「しも」に「霜」をかける。五　「申上げた」の意で、ここで切れる「て止め」（解説六参照）。六　耳に入って。知られて。宮の側の物忌である。ここは「て止め」ではなく下文に続く。【補説】参照。七　「寿命猶如風前燈燭」（倶舎論）等仏典の引用かというが、なお引歌あるか、未詳。続集一三四・六三七に「風の前なる」を用いた詠があるが、共に敦道没後詠か。八　ああ、そう言えば。九　すめ立てる気持の「いさ」に強調の「かし」が付いた形。一〇　訪ふ訪ふも。一一　不覚。おろかしい事。一二　以下、作者の攻勢に対する宮の反撃として、過去に女が逢瀬を一旦ことわり、のちこれを撤回した事件を指摘する。【補説】参照。一三　川に用いる小舟。訪問をことわられた宮をたとえ、これに呼びかける形。一四　「湊入りの芦分け小舟さはり多みわが思ふ人に逢はぬ比かな」（拾遺集八五三、人麿）により、その障害の解消した事を告げる。一五　「過去のその事件の事を言い出されて」の意を省略している。一六　「きのふ山べを見たらましかば」をふまえる。一七　宮の反撃に対し、自らの真情を表明、巧みに事態を収拾する。「来るまでも」に「車」を、「漕がれん」に「焦がれん」をかける。

【補説】冒頭詠は同じく霜に寄せながら、今回はまた風俗歌を換骨脱胎した、心利いた贈歌である。対する宮は、前段、せっかく「見るや君」と呼びかけたのに「月はしも見ず」とうっちゃられたくやしさから反撃しつつも、直ちに訪問、仲直りの紅葉見に誘う。但しここもまた九段と同じく、「聞えて」の解釈の誤りによって正しく理解されていないので、いささか煩瑣にわたるが詳しく述べたい。

従来の諸注釈では、せっかくの紅葉見の約束を一旦快諾したのち、「物忌と聞えて（申上げて）」ことわったのは女、とする。しかし、女側の勝手な都合による中止、とするならば、翌朝の贈答において女が高姿勢、宮が受太刀である事が全く理解できない。一方、寛元本では「今日は物忌とてとぢこめられてあればなん……と宣はせたるに」、応永本では「今日は物忌にとぢめられてあればなん……とあるに」とあり、また正集二三一「紅葉ばは」詠の詞書にも「宮より、紅葉見になむまかるとのたまへりけれど、その日はとゞまらせ給ひて」云々と見えていて、いずれも「ことわったのは宮」なる事明らかである。しかし九段に述べたごとく、「今日は物忌と聞えて」を「今日は物忌と了解されて」――「今日は物忌だというお話で」と解釈するなら、当本も他本・正集と同じく（しかもはるかに簡潔に）「ことわったのは宮」と言っているのだ、と首肯されよう。

宮の都合による中止なればこそ、宮の方から、わざと紅葉にはふれず時雨に寄せて、さりげなく詫び言が来る。それを一旦素直に受けたのち、「まことや」とふと思い出したようによそおって、「昨日紅葉を見に行けばよかったのに」と、宮の痛い所をグサリと突く。宮は防戦一方、「今からでも行ってみようか」「常盤の山の紅葉じゃあるまいし、そんな間の抜けた事……。何だってタイミングをはずしたらだめなのよ」。

ことごとく面目を失った宮は、女の方がタイミングをはずした例を思い出し、「あなただっていつか、同じような事があったじゃないか。ほら、例の『高瀬舟』の件さ。自分の事は棚に上げて、そんな勝手な事ばっかり言う人の所へなんか行かれないよ」と憎まれ口をたたく。そこまで宮を追いつめておいて、女の一首。「見に来るまで散らない『常盤の山の紅葉』のような二人の仲でしたら、何でこんなに思いこがれて悩む事がございましょう。一夜の時雨にも堪えないはかない仲なればこそ、一度の違約にも心乱れて文句を申上げるのですわ」。

冗談半分とは言いながら、すでに謝罪し、機嫌とりにかかっている相手を、かさにかかってやりこめる女は、いささか可愛気がない。そう思わせておいて、最後に一転、しみじみとした述懐で幕を引く。かいなでの恋愛技巧では思いもよらない、遠慮なしの言葉闘いの末での真情表明である。次段、「その日も暮れぬれば」直ちに無理な逢瀬に連れ出すのも、まことに尤もと思われる女の魅力ではあるまいか。これを「ことわったのは女」と解しては、その妙味は到底感得できない。その点を三思しつつ、なお解説七―2をも参照し、従来説と比較していただきたい。正集詞書との矛盾も、何等問題なく解決されるはずである。

二〇　すゞろにあらぬ旅寝

その日もくれぬればおはしまして、」四〇オこなたの一ふた《（塞）》がればしのびてゐ《（率）》ておはします。このごろは四十五日のいみたがへ二Aせさせ給ふ•とて、御いとこ《（従兄弟）》の三三位の家におはします。れいならぬ所にさへあれば、みぐるしときこゆれど、しゐ《（強ひ）》てゐておはしまして、四御くるまながら人もみぬ車やどり《（宿）》にひきたてゝいら《（入）》せ給ひ•ぬれば、おそろしくおもふ。

その日も、日が暮れるとおいでになって、こちらは方角が悪いというので、そっとお連れ出しになる。この頃は四十五日間、物忌をやり過すためにといって、御いとこの三位の家に御滞在である。いつもとは違う所だからなおさら見苦しいと申上げるのだけれど、無理に連れていらっしゃって、御車に乗せたまま、誰も見ない車宿に引入れてお置きになって、御自身は下りて母屋に入ってしまわれたから、一人ぼっちで恐しいと思う。

皆が寝静まってから宮はいらっしゃって、御車にお乗りになって、さまざまの事をおっしゃって愛撫して下さる。警備の者共が外を巡り歩いているという、気づかれ

人しづまりてぞおはしまして、五御くるまにたてまつりて、よろづの事をの給《宣》はせ契る。•Bとのゐ《宿直》のをのこ《男》どもぞめぐりありりく。れいの右近のぜう《尉》、このわらは《童》とぞちかく」四〇ウさぶらふ。あはれにものゝおぼさるゝまゝに、をろか《疎》に過ぎ•にしかたさへくやしうおぼさるゝもあ六ながちなり。あけぬればやがて七ゐて《率》おはしまして、人のおき《起》ぬさきにといそぎかへらせ給ひて•、つとめて、

八ねぬる夜のねざめの夢にならひてぞ
九ふしみ《伏見》のさと《里》をけさはおきける

御かへし、

そのよゝ《夜よ》り我が•身のうへはしられねば
一〇すゞろにあらぬ一一たびね《旅寝》をぞする

ときこゆ。かばかりねんごろにかたじけなき」四一オ

たら危い状態で、例の右近の尉と童だけが側近く控えている。宮はつくづくいとしいとお思いになるので、疎遠に過して来たこれまでの事をさえくやしく思し召すというのも随分なことだ。夜が明けるとそのまま連れてお戻りになって、人の起きないうちにと急いで忌違え先にお帰りになって、すぐその朝、

「古歌にいう、はかなく安からぬ寝覚めの夢、そんなものが心の中にあったせいで、もっとゆっくり寝てあなたと語らうはずの伏見の里なのに、今朝はこんなにそそくさと起きて別れてしまいましたよ。ああ残念」

御返事には、

「宮様にお逢いしたその夜から、自分の身の上がどうなるか自分にもわかりませんで、何事もわきまえず、わが家ならぬ所でお目にかかるような冒険をする事でございます」

と申上げた。

こんなこまやかにありがたいお心づかいを見知らぬように、気強くお申出でを拒否するような事がどうしてで

御心《志》ざしをみずしらず、心ごは《強》きさまにもてなすべきことはさしもあらずなどおもへば、まゐ《ゐ》りなんとおもひたつ。一二まめやかなることどもいふ人〱もあれど、みゝ《耳》にもたゝず。心うき身なればすくせ《宿世》にまかせてあらんと思ふにも、この宮づかへ一四ほい《本意》にもあらず、一五いはほ《巌》のなかこそすまゝほしけれ、又うきこともあらばいかゞせん、いと心ならぬさまにこそ思ひいはめ、猶かくてやすぎなまし、ちかくておやはらから《親同胞》の御ありさまもみ《見》きこえ、一六又むかしのやうにもみゆる人のうへをもみ」四一ゥさだめんと思ひたちにたれば、一七あいなし、まゐ《ゐ》らんほどまでだに、びん《便》なき事いかできこしめされじ。ちかくてはさりとも一八御ら《覧》むじてんと思ひて、すきごと《好事》せし人〱のふみをも、なしなど

きよう（他の差障りなどはそれにくらべれば何でもない）、などと思うので、いよいよ御邸に参上しようと決心する。それはよくないと実際的な忠告をしてくれる人々もあるが、耳を傾ける気もしない。どのみち思うように生きられぬこの身だから、前世の因縁にまかせて行こうと思うにつけても、実はこの宮邸入りというのも自分の本意ではない、本当は出家して人のいない巌の中にでも住みたいのだけれど、それで又いやな事があったらどうしよう、全く思慮のない行動だと皆が批判することだろう、やはり成行きに従ってこうして過そうかしら、近くにいて親兄弟の様子をも見、また昔の人を思い出すような幼い者の将来をも見届けよう、と決心したので、ああそんなに悩むまでもない、参上する時まで、外聞の悪いような事をどうかして宮のお耳に入れたくない。お身近にお仕えするようになったら、いくら何でも宮様も私の潔白をおわかりになるだろうと思って、色めいた事を言って来ていた人々の手紙も、留守ですなどと言わせて、全く返事もしない。

いはせてさらに返りごともせず。

【校訂考】

A底本「いみ《御方》たかへ」。寛元本「御いみたかへ」、応永本「御方たかへ」。「いみたかへ」を妥当と見て改めず。

B底本「。《心えぬ》とのゐの」。寛元本「心もえぬとのゐ人の」。応永本「心えぬとのゐの」。補入は不要と見て取らず。【補説】参照。

C底本「さし。《も》あらす」。寛元本・応永本「さしもあらて」。脱落と見て補入。

【他出和歌】

正集四〇三、人のかへりごとに、「その夜より我が床の上はしぐれねど……」。

【語釈】**一** 方塞り。宮邸から来て女方に一泊するには方角が悪い。**二** 自分にかかっている禁忌期間をやり過すために臨時に転居する事。**三** 従三位右中将藤原兼隆19歳か。宮の母超子と兼隆父道兼とは姉弟の関係。**四** 女を乗せたまま車を中門外の車置場（車宿）に引入れ、宮は何食わぬ顔で邸内に入る。**五** 深夜、車中でのひそかな逢瀬。**六** 身勝手。**七** 女は下車せず過したので、そのまま。**八** 「寝ぬる夜の夢をはかなみまどろめばいやはかなにもなりまさるかな」（古今集六四四、業平）「つらきをばなぞやと思ひて忘れなばねざめの夢も安からましを」（能宣集四五四）**九** 大和、また山城の歌枕。「伏し、見」で男女の情交をあらわす。「恋しきをなぐさめかねて菅原や伏見に来ても寝られざりけり」（拾遺集九三八、重之）。兼隆邸が伏見にあったかともいうが、このような密会にはやや遠方に過ぎ、形容であろう。一〇　思いがけなくも。一一　異様な。思いもよらぬ。一二　実際的、常識的な。一三　宿世。前世からの因縁。一四　本意。本来的な志。一五　「いかならむ巌の中に住まばかは世の憂きことの聞え来ざらむ」（古今集九五二、読人しらず）一六　昔の生活を思い起させるような人。橘道貞との間の女、小式部をさすか。一七　関係ない。（思い悩む事は）本意でない。一八　真実を理解して下さるだろう。

【補説】　忌違え所の知人宅に迎え、車宿りに立てた車の中でのひそかな情交。「宿直の男共ぞ巡り歩く」とは、彼等に知られたらたちまち噂が飛び交うという、一触即発の危険性を示したもので、仮泊先の侍者等が「心も得ぬ」のは当然。このような挿入は後人による蛇足である。ここまでの無理をおしての宮の愛情にほだされて、女はいっそ出家をとも思った一時の心をひるがえし、宮邸入りを決意する。そこには、為尊親王との事ゆえ勘気を蒙り、心ならず疎遠となっている両親への、かの「いはほの中にすまばかは」の連作（正集四三三～四四四）に見る思い、姉妹や娘小式部への情愛も加わっている。

このような切ない心境も、かねての「すきごとせし人々」は知るはずもなく、すげなく扱っても周囲の噂は絶えず、次段のような宮の誤解によるもつれ、これにより更に深まる愛情……という形で、叙述は進展して行く。

二一　頼む君をぞ我も疑ふ

宮より御文あり。みれば、「さりともとたのみけるが一をこ《烏滸》なる」など、おほくのこと《事》ゞも《共》の給《宣》はせて、二「いさしら《知》ず」とばかりあるに、むねうちつぶれてあさましうおぼゆ。めづらかなるそらごと《虚言》ゞも《共》いとおほくいで《出》くれど、三さばれ、なからんことはいかゞせんと」四二オおぼえてすぐしつるを、これはまめやかにのたまはせたれば、四思ひたつことさへほのきゝつる人もあ五べかめりつるを、をこ《烏滸》なるめ《目》をもみるべかめるかなと思ふにかなしく、御返りきこえんものともおぼえず。又いかなる事きこしめしたるにかと思ふに、はづかし

宮様からお手紙があった。見ると、「いくら何でもと信頼した自分がばかだった」などと、いろ〳〵の事をおっしゃって、「もう知らない」とだけあるのを見て、本当にびっくりして呆れてしまった。聞いた事もないような嘘が随分沢山耳に入って来るけれども、そんな事を言われても、身に覚えのない事はどうにも仕様がないと思って、そのままにして来たのを、今回は本当に事実と思って言って来られたので、宮邸入りを決心した事さえ片耳に聞いた人もあるらしいのに、こんな事で中止になったら物笑いになるような目にあうだろうと思うと悲しく、お返事もどう申上げてよいかわからない。又どんな悪いうわさをお聞きになったのかと思うとはずかしくて、御返書も差上げないので、宮様はさっきやった手紙の事をはずかしく思っているのだろうと思召して、「なぜお返

うて御かへりもきこえさせねば、六ありつることをはづかしと思ひつるなめりとおぼして、「などか御返りも侍らぬ。七さればよとこそおぼゆれ。いととく《(疾)》もかはる御心かな。人のいふ事ありしを、八よもとはおもひながら、九思はましかばとばかりき」」四二ウこえしぞ」とあるに、むね《(胸)》すこしあきて御返り、けしきもゆかしくきかまほしくて、

「まことにかくもおぼされば、
　いまのまに君きまさなん恋しとて
　一〇な《(名)》もあるものをわれゆかん一一やは」

ときこえたれば、

「君はさ一二は名のたつことを思ひけり
　一三人からかゝるこゝろとぞ見る

これにぞはらさへたちぬる」とぞある。

事も下さらないのですか。やっぱりほんとだったと思うじゃありませんか。まあ何て早々に変ってしまうお心なんでしょう。人がこれこれと言う事があったから、まさかとは思ったけれど、お互に愛情があればそれでよいのだと思ってお手紙したのですよ」とお手紙があるので、少し安心して、お返事には、宮のお気持も一体どうなのかお聞きしたくて、「ほんとにそうお思いなら、今すぐおいで下さればよろしいのに。いくら恋しいからといっても、人聞きもありますもの、私の方からうかがうわけには行きませんわ」

と申上げると、

「あなたはそれじゃ、うわさの立つ事ばかり心配しているんですね。相手次第で、そんな水臭い扱いをするお気持だとわかりましたよ。

おかげで腹立たしくなってしまいました」とおっしゃる。

こんなに当惑する様子をごらんになって、冗談でおっしゃるのだろうとは思うけれど、でもやはり辛くて、

「やはりそんな事を仰せいただくのは情け無うございま

かくわぶるけしきを御らむ《覧》じてたはぶれをせさせ給ふなめりとはみれど、猶くるしうて、」四三ォ「なほいとくるしうこそ。いかにも㊃ありて御らん《覧》Aぜさせまほしうこそ」ときこえさせたれば、

うたがはじなを《ほ》うらみじとおもふとも
こゝろにこゝろかなはざりけり

御かへり、

うらむらむ心はたゆなかぎりなく
たのむ君をぞわれもうたがふ

ときこえてあるほどに、くれぬればおはしましたり。「なを《ほ》人のいふことのあれば、よもとは思ひながらきこえしに、かゝる事いはれじとおぼさば、㊄いさ玉《給》へかし」などの給《宣》はせて、Bいで」四三ゥさせ給ひぬ。


す。どうにかして、本心をお目にかけたいのに」と申上げたところ、

「私だって、疑うまい、こんな事で恨むまいと思うんだけれど、自分の心ながら心が思うようにならないんだよ」

お返事には、

「恨むとおっしゃる、そのお心だけでも絶えないで下さいませ。限りなく信頼申上げている宮様でありながら、私も宮様を疑う気持をどうする事もできないのですもの」

と申上げたりしているうちに、日が暮れたのでおいでになった。「やはり人のうわさがあるものだから、まさかと思いながらあんな事を言ったんだよ。こんな事言われまいと思ったら、さあ、早く私の所へいらっしゃいよ」などとおっしゃって、お帰りになった。

【校訂考】

A底本「御らんさせ」。寛元本「いかにも……こそ」なし。応永本「御覧ぜさせ」。底本の脱と見て補う。

B底本「。《あけぬれは》いてさせ給ぬ」。寛元本「あけぬれは出給ひぬ」。応永本「あけぬれはいてさせ給ぬ」。前文「くれぬれは」と重複し、如何と考え、補入せず。


【他出和歌】

正集四〇四、人に、「今の間に君やきませや……我ゆかめやは」。

正集四〇五、人のかへりごとに、「うらむらむ……よのむよをうく我もたたかふ」。

【語釈】**一**　愚かであった。**二**　否。相手に対する拒否の気持を示す感動詞。**三**　さはあれ。それにしても。**四**　宮邸に入ろうと。**五**　「あんべかめり」の促音を略した形。「きっとあるらしい」。**六**　さっきの事。手紙で叱責された事。**七**　予想通りだった意。**八**　まさか。**九**　「人言は海人の刈藻に繁くとも思はましかばよしや世の中」（古今六帖二一〇八）**一〇**　名。体面。**一一**　反語。まさか行かれませんわ。**一二**　然は。それでは。**一三**　未詳。一往通説に従い、「相手次第で」と解する。**一四**　真実をさらけ出して。**一五**　人を勧めたてる言葉。さあいらっしゃいよ。

【補説】冒頭、「多くの事ども宣はせて」を「宣はせで」と打消しに取る解もある（全講・新全集）。次の「とばかりあるに」に引かれた解であろうが、ここは多くの疑点を列挙した上で、その一々への恨み言は言わず、「もう知らない」との一言で突き放したものと考えた。その方が自然ではないか。如何。

半ば本気、半ばはたわぶれの、言わば犬も食わぬ痴話喧嘩を描いて、それにより更に深まる愛情の程をまことに効果的に演出する。「名もあるものを我行かんやは」「君はさは名の立つ事を思ひけり」と、言葉尻をとらえてのやりとりから、「疑はじなほ恨みじと思ふとも……」「限りなく頼む君をぞ我も疑ふ」の、逆説的、しかも真率な心情表明に至るところ、古来幾多の相聞詠の中にも類例を見ぬユニークさ、稀に見る面白さである。

二二　心々にあらむものかは

かくのみたえ《(絶)》ずの《(宣)》給はすれど、おはします事はかた《(難)》し。雨《(あま)》かぜなどいたう吹く日しも、を《(お)》とづれ給はねば、人ず《(少)》くなゝ《(な)》る所の風のを《(お)》とをおぼしやらぬなめりかしとおもひて、くれつかたきこゆ。

　しも《(霜》がれ《枯)》はわびしかりけり秋風の
　ふくにはおぎ《(荻)》のを《(お)》とづれもしき

ときこえたれば、かれよりの給はせける御文をみ

このように絶えずお便りはあるのだけれど、いらっしゃる事はなかなかむずかしい。雨気の風などがひどく吹く日でありながら、音信もないので、人少なな家の風の音がどんなに心細いかなんて、お察し下さらないのだろうと思って、夕暮方に申上げる。

「霜枯の季節のこの風は、本当にわびしゅうございますわ。秋風の吹く頃には、おいではなくともせめて荻が風に吹かれて音するように、おたよりぐらいはありましたのに」

と申上げたところ、あちらから下さったお手紙を見たら、

れば、「いとおそろしげなる風のを《（お）》と、いかゞとあはれになん。

　かれはてゝ我よりほかにとふ人も」四四オ
　三あらしのかぜをいかゞきくらん

思ひやりきこゆるこそいみじけれ」とぞある。四のたまはせける、とみるもをかしくて。

五所かへたる御ものいみ《（物忌）》にて、しのびたる所におはしますとてれい《（例）》の車あれば、いまはたゞの給はせんにしたがひてと思へば、まい《（ゐ）》りぬ。心のどかに御物がたりおきふしきこえてつれ〴〵もまぎるれば、六まい《（ゐ）》りなまほしきに、御ものいみすぎぬれば、れいの所にかへりて、けふはつねよりもなごり恋しう思ひいでられて七わりなくおぼゆればきこゆ。」四四ウ

「大変恐しいような風の音を、どう聞いておられるかとかわいそうだよ。

　霜枯れ果てた庭のように、私より外にはたずねる人もないらしい淋しい家に、このひどい嵐の風音を、どんなに心細く聞いていることか。

思いやってあげる私の心こそ、本当に切ないよ」とある。まあ、ぬけぬけとおっしゃることよ、と見るにつけてもおかしくなってしまう。

　お住まいを変えて慎まねばならない御物忌で、内密の所にいらっしゃる、といって、例により迎えのお車があるので、今はもう何事も仰せのままに従おうと思うから、参上した。ゆっくり落着いて、お話を寝ても起きても申上げて、淋しさも慰められるので、このようにして御邸に上っていたいと思うのに、御物忌の期間も過ぎてしまったから女はいつも住む所に帰って、今日はいつもよりもお別れの名残が恋しく思い出されてどうにも気持が押えられないので申上げた。

「つく〴〵物わびしいままに、今日、今までの年月の

つれ〴〵とけふかぞふればとし《(年)》[八]月の
　きのふぞものはおもはざりける

御らむ《(覧)》じて、あはれとおぼしめして、「こゝにも」とて、

「おもふことなくて過ぎにしおと《(を)》ゝひと
　昨日とけふになるよしもがな

とおもへどかひなくなん。猶[九]おぼしめしたて」とあれど、いとつ[一〇]ゝましうてすが〴〵しうもおもひたゝぬほどは、たゞうちながめてのみあかしくらす。

色〴〵にみえし木のは《(葉)》ものこりなく、空もあか《(明)》[一一]うはれたるに、やう〳〵いりはつる日かげの心ぼそくみゆれば、れいのきこゆ。」四五オ

なぐさむる君もありとはおもへども

事を一つ〳〵思い返してみますと、物思いばかりの日々の中で、昨日だけは何も思わず楽しく過しましたわ」

ごらんになって、いじらしいとお思いになって、「こちらも全く同感だよ」とおっしゃって、

「何一つ辛く思う事もなくて過した一昨日と昨日とがなつかしいよ。それが今日になればいいのになあ。

と思うけれど、そうは行かないよ。やっぱり決心して、うちにいらっしゃいよ」と仰せられるが、やはり遠慮が先に立ってきっぱりと決心もできずにいる間は、ただぼんやり考え込んでばかり日夜暮らしている。

赤に黄に、色とりどりに見えた木の葉もすっかり散って、さえぎる物のない空が明るく晴れているのに、ようやく沈み切ろうとする夕日の光が心細く見えるので、例によってお便りした。

「慰めて下さる宮様がいらっしゃるのだもの、心細くはないはずと思いながらも、やはり夕暮になると物悲しくてなりません」

と書いてあげると、

猶ゆふぐれは物ぞかなしき

とあれば、

「夕ぐれはたれもさのみぞおもほゆる
　まづいふ君ぞ人にまされるB

と思ふこそあはれなれ。たゞいまゝいり《(参)》こ《(来)》三ばや」

とあり。

又の日のまだつとめて、しも《(霜)》のいとしろきに、

「たゞいまのほどはいかゞ」とあれば、

三おきながらあかせる霜のあしたこそ
　まされるものは世になかりけれ

などきこえかはす。れいのあはれなることゞも」四五ウかゝせ給ひて、

我ひとりおもふおもひはかひもなし
　おなじこゝろに君もあらな一四ん

「夕暮は誰だってそういうふうに思うのだがね、それをまっ先に歌にして言うあなたこそ、他の人にまさってすばらしいよ。

と思うにつけてもいとしくてならない。たった今飛んで行きたいぐらいだ」とお返事がある。

次の日のまだ朝早く、霜のまっ白に降りているのに、「今、どうしていますか」とおっしゃるから、

「宮様の事を思って起きたまま明かしてしまった、その、霜の置いた朝の風情を見るにつけ、この風景の中での思いにまさる物は、世の中に一つもないと思いますわ」

などと応待する。いつものように、心深い事をいろ〳〵書いて下さって、

「私一人こんなに思っていても、それだけでは何の甲斐もない。同じ気持に、あなたも思って下さい」

お返事には、

「宮様は宮様、私は私と、そんな隔ては夢にも思っておりませんから、『同じ心に』とおっしゃいますけれ

御かへり、

君はきみわれは我ともへだてねば

一五 こゝろぐ〜にあらむものかは

ど、別々の心でいた事なんて一度もありませんわ」

【校訂考】

A底本「いたう。《ふり》吹日」。寛元本「いたうふりふくひ」、応永本「いたうふり吹日」。「雨風」の解釈の誤りと、「ふり吹く」の表現の不穏当により、補入に従わず。注一・【補説】参照。

B底本「まされる《り》」。寛元本「まされる」、応永本「まされり」。係り結びの語法の誤りにより、傍書に従わず。

【他出和歌】

正集四〇六、雨風はげしき日しもおとづれ給はねば、聞えさする、「霜枯は……」。

正集四〇七、人に、「つれぐ〜と……年月に……」。

正集四〇八、夕暮に聞えさする、「なぐさむる……」。

正集四〇九、霜白きつとめて、いかゞとある人に、「おきながら……あしたより……」。

正集四一〇、同じ心にとあるかへりごとに、「君は君……」。

【語釈】一　雨・風ではなく、「雨気の風」の意。「風は……三月ばかりの夕暮に、ゆるく吹きたる雨風」（枕草子一八八段)。「ふり」は後の衍。【補説】参照。**二**　荻の音は恋人の音信・来訪を象徴する。**三**「訪ふ人もあらじ」に「嵐」をかける。**四**　口のうまいこと、と軽く揶揄する口吻。**五**　転居して自分にかかっている忌みを避ける事。→二〇段注二。**六**　宮邸へ。**七**　解決しようもなく耐えがたく。**八**　これまで過した年月の中で。**九**　参邸を。**一〇**　気がひけて。遠慮されて。**一一**　明かるく。**一二**　自分の願望をあらわす終助詞。**一三**「起き」に霜の縁語「置き」をかける。**一四**　未然形を受ける誂えの助詞。あってほしい。**一五**　思い思いに異なる心。

【補説】【校訂考】および注一に示したごとく、「雨風」は「あまかぜ」、すなわち「雨の気を含んだ風」であって、「雨・風」ではない。それは下文および贈答歌において、「風」のみを扱い、「雨」は問題になっていない事で明らかである。

相変らず「おはします事は難」いものの、天候につけての催促めいた女の文に、これまでのやきもちも知らず顔に、「我よりほかにとふ人もあらしの風」とおっとりと答える宮。「のたまはせける、と」の語気に、「まあ、今までの事は棚に上げて……」と思わず笑ってしまう、姉さん女房の余裕が楽しい（解説六参照）。応永本「のたまはせけるを」とするのは、この呼吸を心得ぬ誤改訂である。次の「しのびたる所」も、二〇段「あらぬ旅寝」とくらべ、さほど気兼ねせずにすむ方違え所であったと見えて、珍しく「心のどか」であった逢瀬。以下段末まで、真情こもるやさしい贈答が続く。

一二三　文作る道も教へん

かくて女、[一]かぜにや、[二]を《(お)》どろ〳〵しうはあらねどなやめば、時ゝ《(々)》とはせ給ふ。よろしくなりてあるほどに、「いかゞある」ととはせ玉《(給)》へれば、「すこしよろしう[三]なりにて侍り。しばしいき《(生)》て侍らばやと思ひ給ふるこそ、[四]つみ《(罪)》ふかく。[五]さるは、」四六オ

[六]たえしころ[七]たえねと思ひしたま《(玉)》のを《(緒)》の
君により又お《(を)》しまるゝかな

とあれば、「いみじき事かな、返す〳〵も」とて、

たまのをのたえん[八]ものかはちぎりを《(お)》きし
なかにこゝろは[九]むすびこめてき

かくいふほどに、と《(年)》しものこりなければ、[一〇]は《(春)》る

こうしてその後、女は風病だろうか、大してひどくはないが病臥するので、宮は時々見舞って下さる。快方に向った頃に、「どんな工合」とおたずねになるので、「少しよくなりました。暫くは生きていたいと思いますのこそ、罪深い事でございます。それというのも、宮様からの御訪れの絶えた頃、いっそ絶えてしまえばよいと思ったこの命でございますが、その宮様のお言葉によってまた、命が惜しまれることでございます」と申上げると、「そんなに思ってくれるなんて、大変な事だな、返す〳〵も」とおっしゃって、

「命の玉の緒が絶えるなんて、そんな事があっていいものか。末々までの約束をした時に、玉の緒の中に、私の真心はちゃんと結びつけておいたのだもの」

このように言いかわすうちに、年も暮れようとするの

つかたとおもふ。十一月ついたち(朔日)ごろ、雪のいたくふる日、

　神世よりふり[二]はてにける雪なれば
　けふはことにもめづらしきかな

御かへし、」四六ウ

　はつ雪といづれの冬もみるまゝに
　[三]めづらしげなき身のみふりつゝ

など、[三]よしなしごとにあかしくらす。

御ふみあり。「[四]おぼつかなくなりにければ、まい(ゐ)りきてと思ひつるを、人〳〵[五]ふみ(文)つくるめれば」とのたまはせたれば、

　いとまなみ君きまさずは我ゆかん
　[六]ふみつくるらんみちをしらばや

をかしとおぼして、

で、宮邸に上るのは春になってからと思う。十一月朔日頃、雪のひどく降る日、

「神代の昔から、必ず降る事になっている雪だから、義理堅く十一月朔日と言えば早速こんなに降るというのは、特別に珍しく面白い事だね」

お返事には、

「ああ、初雪が降った、と冬毎に珍しく見ているうちに、雪の降るのとは違って、私の身は珍しくもなく古くなって行くばかりでございます」

など、とりとめもないやりとりで明暮を過している。

お手紙があって、「すっかり御無沙汰したので、行こうと思っていたのに、みんなが来て詩を作ろうと言うから行かれなくなってしまった」とおっしゃるから、

「お暇がなくておいでになれないならこちらからうかがいますわ。漢詩という文《ふみ》を作る方法を知りたいのですもの。踏みつけて行く道を教えて下さいませ」

面白いとお思いになって、

「文を作っている私の家に、どうぞたずねていらっしゃ

わがやどにたづねてきませふみつくる
みちもをしへんあひ《（逢）》もみるべく」四七オ

い。踏みつけて来る道も教えましょうし、逢ってお顔も見ましょうと思いますから」

【他出和歌】
正集四一一、心地あしき比、いかゞとのたまはせければ、「たえしころたえぬと思ひし……」。
正集四一二、雪のつとめて、「初雪といづれの雪と……身のみふりるる」。
正集四一三、文作るとて人々あれば、とのたまはすれば、「いとまなみ……」。

【語釈】一 熱があって苦痛を感ずる病気一般をいう。二 重篤の状態。三 完了の助動詞「ぬ」の連用形に接続助詞「て」がついた形。四 生に執着する罪。五 前の叙述の内容を補充し説明するための接続詞。六 音信の。七 命の絶えよと。八 反語。そんな事はあるはずがない。九 「緒・絶え」と「契」にそれぞれ縁語をなす「結ぶ」を用いて贈歌に答える。一〇 春の頃。年が明けてから。宮邸移転の時期をいう。一一 「旧り」と「降り」をかける。答歌も同じ。一二 雪の珍しさに対比して。一三 たわいのない事。一四 対象がぼんやりしてはっきり知覚できない事への不安、不満。ここでは逢いたいとあせる気持。一五 漢詩を作る。宮は自邸でしばしば詩会を催した（一〇段【補説】参照）。一六 「文作る」に「踏みつくる」をかけ、「道」（方法）に続ける。

【補説】もはや相互に疑念・わだかまりはなく、病悩につけ、雪につけ、よしなしごとを歌いかわす。作文会のため訪問できないと宮が言えば、女は「君来まさずは我ゆかん」とさえ戯れる。すでに宮邸入りへのためらいはなくなっている。

二四　なほざりのあらましごと

つねよりもしものいとしろきに、「いかゞ見る」とのたまはせたれば、

　さゆる夜のかず[一]かくしぎは我なれや
　いくあさしもをゝ《お》きてみつらん

そのころ、雨はげしければ、

　雨もふり雪もふるめるこのごろを
　[二]あさしもとのみを《お》きゐては見る

その夜おはしまして、れいの物はかなき御物がたりせさせ給ひても、「[三]かしこにい《率》てたてまつり

いつもよりも霜がまっ白に置いたのを、「どう見ていますか」とおっしゃるので、

「身にしみて寒い夜に、眠れず何遍も羽ばたいている鴫はそのまま私の姿でしょうか。朝の霜が置くのを、一体幾朝、まんじりともせず起き明かして見る事でしょう」

その頃、雨も激しく降るので、

「雨も降り、雪も降るような此の頃ですが、私は宮様のお心を『浅しも』——まあ朝の霜のように浅いもの、とばかり、夜通し起きていては眺めております」

その夜いらっしゃって、例によってとりとめのないお話をなさる中にも、「私の所にお連れした後、私がよそ

てのち、まろ《(麿)》がほかにもゆき、法師にもなりなどして、みえたてまつらずは、四ほい《(本意)》なく」四七ゥやおぼされん」と心ぼそくの給《(宣)》ふに、いかにおぼしなりぬるにかあらん、又さやうの事もいできぬべきにやと思ふに、いとものあはれにてうちなか《(泣)》れぬ。

みぞれだちたる雨の、ゝ《(の)》どやかにふるほどなり。いさゝかまどろまで、この世ならずあはれなることをの給はせちぎる。あはれに、なに事もきこしめしうとまぬ御ありさまなれば、心のほども御らんぜられんとてこそ思ひもたて、かくては五ほい《(本意)》のまゝにもなりぬばかりぞかしと思ふに、かなしくて物もきこえでつくぐ〵となく気色を御らむ《(覧)》じて、」四八ォ

なを《(ほ)》ざりの六あらましごとに夜もすがら

の所に行ってしまったり、法師になったりして、お逢いできなくなったら、あてが外れて後悔なさるでしょうね」と心細い事をおっしゃるので、一体どういうお考えになられたのだろう、本当にそんな事も起るのかしら、と思うと、大変心細くなって泣けてしまう。

それは霙《みぞれ》めいた雨の、静かに降る夜だった。少しもお寝《やす》みにならないで、此の世だけでなく来世の事まで、心深い事を約束して下さる。その御様子が身にしみて、何をお聞きになっても悪くはお取りにならぬおやさしさだから、私の真心も見ていただきたいと思ってお邸に入る決心をしたのに、仰せのように御一しょに居られぬ事になるなら、本来の決心の通り出家するばかりだと思うと、悲しくて何も申上げられず、ただひたすら泣く様子をごらんになって、

「いいかげんな心づもりを言ったばかりに、夜中じゅう……」

とおっしゃるので、

「落ちる涙は雨になって降るばかりです」

とのたまはすれば、

おつるなみだは雨と[七]こそふれ

御けしきのれい《例》よりもうかび《浮》たることゞも《事共》をの給はせて、あけぬればおはしましぬ。

なにのたのもしきことならねど、つれ〴〵のなぐさめに思ひたちつるを、さらにいかにせましなどおもひみだれてきこゆ。

「うつゝ《現》にておもへばいはんかたもなし

こよひのことを夢になさばや

と思ひ給ふ《う》れど、いかゞは」とて、はしに、」四八ウ

「しかばかりちぎりし物をさだめなき

さはよ《世》のつね《常》におもひなせとや

くちをしうも」とあれば、御らん《覧》じて、「まづこれよりとこそおもひつれ。

と言うと、ふだんよりも陽気な事をいろ〴〵言って下さって、夜が明けたのでお帰りになった。

将来までお頼みできるとは思わないが、この淋しい生活の慰めにもなるかと参上を思い立ったのに、仰せのような事になったらどうしようとさま〴〵考えあぐんで、こう申上げた。

「現実にそんな事になったら、と思うと、何とも言えない気持です。今晩お話の事は、夢にしていただきとうございます。

とは存じますが、どうして、そうはまいりますまい」と書いて、余白に、

「あんなにお約束致しましたのに、あやふやな心細い事をおっしゃいます。それではこの恋を、世間普通の、ありふれたものと思えとおっしゃるのでしょうか。

あまりに残念な事でございます」と申上げたのをごらんになって、「先にこちらから言ってあげようと思っていたのだ。

あんな事は本当だと思わないでおくれ。ほんの、一二人

うつゝともおもはざらなんねぬるよの
ゆめに見えつるうきことぞゝ《そ》は
おもひなさんと、こゝろみじ《短》かや。
ほど《程》しらぬいのちばかりぞさだめなき
ちぎりてかはす八すみよし《住吉》の松
九あ《吾》が君や、あらましごとさらに〳〵きこえじ。
一〇人やりならぬ物わびし」とぞある。
で寝た夜の夢の中で見た、ちょっといやな事、と、それだけの事だよ。
世間並の程度に思おうなんて、気短かな事を言ってはいけない。
いつまでと誰にもわからぬ命だけだよ、あやふやなのは。あなたと交わす約束は、末長く栄える住吉の松と同じだ。
ああかわいい人よ、あてにならない先々の事なんかもう決して言うまい。我ながらつまらぬ話をしたと思って、後悔しているよ」と言って下さった。
【他出和歌】

正集四一四、霜いと白きつとめて、いかゞ見る、とのたまはせたれば、「たゆる夜の数かくことは我なれば……おきゐみるらん」。

正集四一五、「雪もふり雨もふりぬるこの冬は……」。

正集四一六、つく〴〵と泣くけしきを御覧じて、「なほざりの……」。連歌ならぬ、宮詠、一首立ての形。

正集四一七、とのたまはすれば、心細き事のたまはすると、心乱れて、「うつゝにて……」。

【語釈】一 「暁の鴫の羽がき百羽がき君が来ぬ夜は我ぞ数かく」（古今集七六一、読人しらず）。鴫《しぎ》（水辺にすみ、くちばしと脚が長い。旅鳥として春・秋に日本に渡来する）が明け方に何度も羽づくろいをするように、あなたの来ない夜は私が寝られず身じろぎをして過す、の意。「おきて」（置・起）は霜の縁語。二 「朝霜」と「浅し」をかける。三 宮邸。四 本来の意向と外れて落胆する。五 最初からの出家の決心。六 こうありたいと思っている事。将来の予想。七 うわついた。深刻でない。八 大阪市住吉神社の松。「我見ても久しくなりぬ住の江の岸の姫松幾世経ぬらむ」（古今集九〇五、読人しらず）。寿命長久の象徴とされた。九 親しい人への懇望の呼びかけ。→八段注九。一〇 他からの強制でなく、自分の心から出た意。

【補説】ここまで来て、宮が言い出す「なほざりのあらましごと」に女は動転するが、「うつゝとも思はざらなん――ただちょっとそんな夢を見ただけだよ」と慰められる。しかしあながちそれのみでもなかったであろう事は、次段「心細き事ども宣はせて」によって察せられる。

二五　昔語りは我のみやせん

女はそのゝち《後》」四九オ物のみあはれにおぼえ、なげきのみせらる。とく《疾》いそぎたちたらましかばと

女はその後、いろ〳〵な事が悲しく思われて、思い嘆くばかりである。こんなにぐず〳〵せず、早く決心していればと思っているその昼頃、お手紙がある。見ると、

思ふひるつかた、御ふみあり。みれば、

二あな恋しいまもみ《見》てしが山がつ《賤》の

かきほ《垣》にさけるやまとなでしこ

あなものぐるを《物狂ほ》しと三いはれて、

四恋しくはきても見よかしちはやぶる《千早振》

神のいさむ《諫》るみちならなくに

ときこえたれば、五うちゑ《笑》ませ給ひて御らむ《覧》ず。

このごろは御経ならはせ玉《給》ひければ、

六あふみぢ《近江路》は神のいさめにさはら《障》ねど」四九ウ

七のり《法》のむしろ《席》にをればたゝ《立た》ぬぞ

御かへし、

われさらばすゝみてゆかん君はたゞ

のりのむしろにひろむばかりぞ

などきこえさせすぐすに、雪いみじくふりて、も

「ああ恋しい。今すぐにも逢いたいよ。貧しい山人の垣根に咲く撫子のような、可憐なあなたに」

とある。まあ、酔狂なさり方、と思わず口走って、

「恋しいなら今すぐに逢いにおいでなさいませ。神様がいけないとお止めになった道でもありますまいに」

と申上げたので、にっこりなさってごらんになる。

宮様はこの頃はお経を習っていらっしゃるので、

「逢いに行く道は、神様の誡めには別に差支えはないのだけれど、仏様の教えを学ぶ、法の筵にいるから、糊でべったりくっついて、立上れないんだよ」

御返事には、

「では私の方から出かけてまいりましょう。宮様はただ、仏法のありがたい教えを、筵を広げるようにお広めになるばかりです」

などと申上げて暮しているうちに、雪が沢山降って、木の枝に降りかかったのに結びつけて、

「雪が降ったものだから、木々の木の葉もこの通り、春でもないのに一面に梅の花が咲きましたよ」

のゝ枝にふりかゝりたるにつけて、

　雪ふれば木ゝのこのはも春ならで
　を《お》しなべ梅の花ぞさきける

とのたまはせたるに、

　梅はゝ《早》やさきにけりとてお《折》ればちる
　花とぞ雪のふればみえける」五〇オ

又の日、つとめて、

　冬の夜A の恋しきことにめ八もあはで
　九ころ《衣》もかたしき《片敷》あけぞしにける

御返し、一〇「いでや、

　冬の夜B のめさへこほり《氷》にとぢられて
　あかしがたきをあかしつるかな」

などいふ程に、れいのつれ〴〵なぐさめてすぐすぞ、いとはかなきや。

とおっしゃったのに、

「梅がもう咲いたかと思って、折ったら散ってしまいました。てっきり花だと、雪が降ったので見えたのですね」

次の日の早朝、

「冬の夜のあなたの恋しさに、眼を閉じる事もできないので、私の着物だけをあなたのと重ねる事もなく敷いて、夜明けまで過してしまいましたよ」

お返事には、「まあ、こちらでは反対に、冬の夜の寒さに、眼さえ涙で氷りついてしまって、開ける事もできないまま、なかなか明けない夜を明かしましたわ」

などというような戯れごとで、例によって所在なさを慰めて暮らすというのも、本当に頼りない事だ。

何をお考えになったのか、心細い事をおっしゃって、

「やはりこの世に長くは生きられないのだろうか」とおっしゃるので、

「この世に残されたさまざまの古い伝説を思い出させ

いかにおぼさるゝにかあらん、心ぼそきことどCもをの給《(宣)》はせて、「猶よのなかにありはつ《(果)》まじきにや」二とあれば、

三くれ《(呉)》竹の世ゝのふるごと《(古言)》おもほゆる」五〇ウ
むかしがたり《(昔語)》はわれのみや三せん

ときこえたれば、

くれ竹のうき四ふししげき世の中に
あらじとぞおもふしばしばかりも

などの給はせて。

るような、宮様との仲は、私だけが生き残って昔話として語るような事になるのでしょうか。いいえ、そんなはずはありませんわ」

と申上げると、

「いや実際、こんないやな事ばかりある世の中に、生きていまいと思うのだよ、ほんの暫くの間も」

などとおっしゃる。

【校訂考】

A底本「冬の夜の《を》」。寛元本「冬の夜は」、応永本「冬のよを」。底本を妥当と見て傍書をとらず。
B底本「冬の夜の《は》」。寛元本「ふゆのよは」、応永本「ふゆの夜は」。底本を妥当と見て傍書をとらず。
C底本「こと。《とも》を」。寛元本「ことゝもを」、応永本「事ともを」。複数形を妥当と見て補入に従う。

【他出和歌】

古今集六九五、題しらず、読人しらず、「あな恋し……」。

伊勢物語七一段一三一、昔、男、伊勢の斎宮に内の御使にて参れりければ、かの宮にすきごと言ひける女、私事にて、「千早ふる神の斎垣も越えぬべし大宮人の見まくほしさに」、男、「恋しくは……」。

正集四一八、御返し、「我さらば……のりの心を……」。

正集四一九、「梅ははや……折ればきゆ……降るは見えける」。続集四七五、正月朔、雪のうちふるを見て、「むめははや……花こそ雪のふると見えけれ」。

正集四二〇。御返し、「冬の夜は……」。

正集四二一、なほ世にもありはつまじきこと、のたまはすれば、「呉竹の……君のみぞせん」。

【語釈】一　出家の事を。二　古今集六九五、読人しらずの歌。三　思わず口に出た趣。四　伊勢物語七一段一三一、男の歌。五　女の才気に満足の趣。六　京から伊勢への道程「近江路」に、「逢ふ道」をかける。七　「法談の場」に「糊付けされた席」をかける。八　「眼も合はで」と「妻《め》も逢はで」をかける。九　独り寝の状態。「さむしろに衣片敷き今宵もや我を待つらむ宇治の橋姫」（古今集六八九、読人しらず）。一〇　相手の言に反発する気持。「合はで」に対し「閉ぢられて」と応ずる。一一　「世（節）」の枕詞。一二　二段、初会後の宮詠「何をか後の世語りにせん」を想起させる。一三　「や」は反語と解した。一四　「ふし」は「竹」の縁語。

【補説】宮が、自詠以上に我が恋心を端的に表現する歌として、古今集の読人しらず「あな恋し」詠を贈るのは、前段で思いしおれた女への愛情あふれるサービスである。「あな物狂ほし」と興じた女は、おうむ返しに「恋しくは来ても見よかし」と、伊勢物語七一段、斎宮女房に物を言いかけられた勅使の返歌で答える。平安朝文化の精粋とも言うべき、男女交情のあり方である。「あな物狂ほし」「打笑ませ給ひて」という双方の反応も、寡言のうちに双方の心情が躍動する。

「神のいさめ」から「のりのむしろ」と続く、以下三組の贈答も軽く楽しいやりとりであるが、やはり宮の心中には何とも知れぬ予感があってか、「呉竹」の贈答が最後に置かれる。女の詠「昔話りは我のみやせん」は、「思い出話を、私一人でして行くのでしょうか」(新全集)と、宮の悲観的言辞を肯定する形に解するのが一般のようであるが、会話作法としてはやや不穏当かと考え、反語として解してみた。如何。本記の詠歌はこの唱和をもって終る。

二六　さりぬべくは心のどかに

人しれずすゑ《据》させ給ふべき所などおきて《掟》、なら《慣》はである所なればはしたなく思ふめり、こゝにもきゝにくゝ《憎く》そいはん、たゞわれゆきてゐ《率》てい《去》なんとおぼして、十二月十八日、月いとよきほどなる

こっそりと女を住まわせる所など、準備なさって、住み慣れない所だから工合悪く思うだろう、この邸内でも聞きにくくうわさするだろう、直接私が行って連れて来ようとお思いになって、十二月十八日、月の大変明るい頃においでになった。例によって、「さあ行こう」とおっ

におはしましたり。れい《例》の「いざ玉へ《給》」との給《宣》はすれば、こよひばかりにこそあれと思ひてひとりのれ《乗》ば、」五一ォ「人ゐておはせ。さりぬべくは心のどかにきこえん」との給へば、れい《例》はかくもの給はぬ物を、もしや[三]がてとおぼすにやと思ひて、人ひとりゐてゆく。[四]れいの所にはあらで、しのびて[五]人などもゐ《居》よとせられたり。さればよと思ひて、なにか[A六]人、わざとだちてもまゐ《ゐ》らまし、いつまゐ《ゐ》りしぞとなか[七]〳〵人も思へかしなど思ひて。あけぬれば[八]くし《櫛》のはこなどゝ《取》りにやる。

　みや《宮》いらせ給ふとて、しばしこなた《此方》のかうし《格子》[九]はあげず。おそろしとにはあらねど[一〇]むつかしければ、「いま、かの[一一]北のかた《方》にわた《渡》したてまつらん。こゝにはちかけ」五一ゥればゆかしげなし」との給はす

しゃるので、今夜だけの事だろうと思って一人で車に乗ると、「誰か連れておいで。都合よく行ったらゆっくり落ちついて話そうよ」とおっしゃるので、いつもはこんなふうにはおっしゃらないのに、もしこのまま引取ろうと思っていらっしゃるのかと思って、女房を一人連れて行く。宮邸でもいつもお逢いする所ではなくて、内々ながら、使う人なども居られるようにと支度してある。ああやっぱり、と思って、いや何も私だって、改まって参殿する事はない、一体いつ来たのだと人が思うぐらいの方が、かえっていいのだと思って、そこにおちついた。夜が明けたので櫛の箱など身の廻りの物を取りにやる。

　宮様がおいでになるというので、暫くこちらの格子は上げず、暗いままである。恐しいというのではないがうっとうしいから、「じきに、あの北の方角の部屋に移してあげよう。ここは外に近いから感じが悪い」とおっしゃるので、「私もそれが気になっておりました」と申上げると、お笑いになって、「ほんと、まじめな話だよ、夜など私が奥に行っている時は気をつけて下さい。不心得

れば、「それをなん思ひ給ふる」ときこえさすれば、わらはせ給ひて、「一二まめやかには、夜など一三あなたにあらんおり《折》はようい《用意》し玉《給》へ。けしからぬ物などはのぞきもぞする。いましばしあらば、かの一四せむじ《宣旨》のあるかたにもおはしておはせ。一五おぼろけにてあなたは人もより《寄》こず。そこにも」などのたまはせて。

二日ばかりありて、一六北のたい《対》にわたらせ給ふべければ、人〳〵おどろきて一七うへ《上》にきこゆれば、一八か〻《難》ることなくてだにあやしかりつるを、なにのかたき人にもあらず、一九かくと」五二オの給《宣》はせで、二〇わざとおぼせばこそしのびてゐ《率》ておはしたらめとおぼすに、心づきなくて、れいよりも物むつかしげにおぼしておはすれば、いとを《ほ》しくてしば〳〵《暫しは》二一うち

な者なんかはのぞくといけない。もう少したったら、あの、宣旨のいる部屋などにも行ってごらんなさい。よほどの事がなければ、あそこにはなみの人は寄って来ない。そこにでも居ればよいから」などと言って下さる。

二日ばかりたって、北の対に女を連れてお移りになろうとなさるから、女房達が驚いて北の方にお知らせすると、北の方は、こんな事がなくてさえ御様子がおかしかったのに、女はただの女房としてお使いになるのに何か支障があるような身分でもない。それを、私にもこれこれとお話なく、愛人として扱おうとお思いになればこそ、こっそり連れていらしたのだろうとお思いになると、不愉快で、いつもよりも機嫌が悪そうにしていらっしゃるので、宮は気の毒に思われて、暫くは北の方の部屋にお越しになって、女房達のかれこれ言うのも聞きづらいし、北の方の不愉快そうな御様子もおかわいそうなので、そのままこちらにいらっしゃる。

北の方が、「これ〳〵の事があるそうですのに、何でおっしゃって下さいません。私がお止め申上げられる事

にいらせ給ひて、B・人[二二]のいふこともきゝにくし、人[二三]の気色もいとおし《ほ》うて、こなた[二四]におはします。「しかぐ〳〵のことあなるは、などかの給はせぬ。せい《制》しきこゆべきにもあらず。いとかう身の人[二五]げなく、人わらはれにはづかしかるべきこと」ゝ《と》なく《泣》〳〵きこえ給へば、「人つかはんからに、御[二六]おぼ《覚》えのなかるべきことかは。御気色」五二ウあしきにしたがひて、中将[二七]などがにく《憎》げにおもひたる、むつかしさに、かしら《頭》などもけづら《梳》せんとてよびたるなり。こなたなどにもめしつかはせ玉へかし」などきこえ玉へば、いと心づきなくおぼせどものもの給はず。

かくて日ごろふればさぶらひつきて、ひるなどもうへにさぶらひて御ぐし《髪》などもまい《ゐ》り、よろづ

でもございません。こんな事になって、私の身として面目なく、人の笑い者になって、どんなにはずかしい事か」と、泣く〳〵申上げられると、宮は、「人をお使いになる以上は、それだけのお心遣いがなければなりますまい。御機嫌の悪いのに迎合して、中将などが私の事を憎らしげに思ってろくに世話をしてくれないのが不愉快さに、気持よく髪でも調えさせようと思って呼んだのです。こちらにも呼んで御用をおさせになるがよろしい」などおっしゃるので、大変腹立たしくお思いになるけれども物もおっしゃらない。

こうして何日かたつと生活にも慣れて、昼間なども宮のお側にいてお髪《ぐし》上げなどもお手伝いし、いろ〳〵とお使いになる。全く御前から遠ざけず御寵愛なさって、宮が北の方のお部屋においでになる事もごく稀になって行く。こういう状態で、北の方がお嘆きになる事は、全く限りない程だ。

につかはせ給ふ。さらに御まへ《(前)》もさけ《(離)》させ給はず。二八うへの御かた《(方)》にわたらせ給ふこともたまさかになりもてゆく。おぼしなげく事かぎりなし。

【校訂考】

A底本「なにか人」。寛元本「なにかは」、応永本「なにことかは」。底本を妥当と見て改めず。注六・【補説】参照。

B底本「いらせ給。《は》て」。寛元本「入せ給て」、応永本「いらせ給はて」。底本を妥当と見て補入に従わず。注二一・【補説】参照。

【語釈】 **一** 正妻ならぬ女を自家に迎える意。**二** 取決めて。**三** そのまま（引取ろう）と。**四** 六段以来の宮邸での忍び所、「人もなき廊」。**五** 女自身の侍女。**六** 諸注「は（ハ）」と改めるが、底本は明らかに「人」。女の自称。【補説】参照。**七** むしろ。**八** 身辺必要の小物類の代表として言う。**九** ↓一六段注二七。**一〇** 陰気でわずらわしい。**一一** 次節にいう「北の対」。**一二** 本当のところ。**一三** 宮が、その居室に。**一四** 宮付きの有力女房。二八段にも見える。**一五** 並大抵の事では。**一六** 寝殿北方の対の屋。宮が女を伴ってそこを常の居室と定める意。**一七** 北の方。↓二段注二〇。**一八** 処遇のむずかしい。**一九** これこれと。**二〇** 特別に。**二一** 北の方の室。**二二** 周囲の人々。**二三** 北の方。**二四** 北の方の室。女の室とする通説はとらない。【補説】参照。**二五** 人並みに扱われず。**二六** 配慮。**二七** 女房名。北の方側として、宮の身辺を世話する者であろう。**二八** 北の方。

【補説】 最終三段は和歌を伴わず、女の宮邸入りとそれに伴う波瀾を述べる。状況としては源氏物語若紫の、紫上二条院入りを思わせる所がある。本段では三箇所に注意すべき問題点がある。

その一、「さればよと思ひて、なにか人、わざとだちてもまいらまし」。従来「は」の誤写と見て「何かは」――「何でまあ」と解している。しかし底本表記を尊重すれば、又別の女の心理が見えて来るのではないか。「何か人、わざとだちても参らまし。いつ参りしと、なか〲人も思へかし」という口吻には、女の強い意志、周囲への反撥が感じられる。この「人」を「宮邸の人々をさすことになろうが」（全講）とするのは誤りで、後の「人も……」とは異なり、「私だって」という強烈な自称である。――私は何も、北の方と張りあうつもりで華々しく宮邸に乗込むのではない。宮との深い愛情あればこそ、通いによって起る種々の障害に宮が悩まれるよりはと思って、その仰せに従ったまでだ。いつ、どうして、などと、他人はくだらぬ忖度をするがよい。――「何かは」では、同じ意味ではあるがはるかに弱い。奇矯な読みと一笑されるかも知れぬが、底本の「人」が明瞭な漢字書体である事もあわせ、このように解釈した。

その二、「……こゝにはちかければゆかしげなし、との給はすれば」に続き、応永本には「おろしこめてみそかにきけば、ひるは人〲院の殿上人などまいりあつまりて、いかにぞ、かくてはありぬべしや、ちかおとりいかにせんとおもふこそくるしけれとのたまはすれば、それをなん思給へるとあれば」とある（寛元本は三条西家本に同じ）。すなわち女の言「それ」は宮のいう「近劣り」に当り、なまじ同居生活に入ったばかりに欠点が目立って飽かれる事を、互いに気づかう意となる。しかしここに至るまでの相互の逡巡・熟慮・決意の様相を考えれば、今更「近劣り」を気にするというのはいかがであろうか。一方三条西家本によれば、「それ」とは「近ければゆかしげな

「し」を受け、「端近でのぞかれるのが心配です」の意となる。これについては「移転を催促している感じで失礼である」旨の論があるが（森田『日記文学論叢』P.181）、当時の女性のたしなみとして外部からの垣間見に気をつかうのは当然の事で、それを口にするのは必ずしも失礼とは言えない。宮が笑って、「けしからぬ物などはのぞきもぞする」と答えるのも、「近劣り」とは呼応せず、のぞき見の不安に答えるものである。かたがた、三条西家本本文に従う。

その三、北の方の不機嫌に対し、宮が「いとをしくてしは〳〵うちにいらせ給。はて人のいふこともきゝにくし人の気色もいとおしうてこなたにおはします」（底本表記のまま）とある所、寛元本は「しはし」「入せ給て」、応永本は「しは〳〵」「いらせ給はて」とする。三条西家本補入に従う限り、「しばらくは北の方の部屋にお入りにならず……女の様子も気がかりなので、女の部屋においでになる」（新全集）のように訳すのが一般である。しかしそれでは、次の北の方の抗議、宮の釈明は如何。このようなやりとりが、間接的、人伝てでなされ得ようか。寵女を引入れた夫は、その弱みから正妻の室に入りびたりでその機嫌を取り、自己を正当化すべく懸命で、かんじんの寵女は暫し置き去り、というのが現実であろう。底本「しは〳〵」は「暫しは」の、当時の書写習慣として当然の表記、「うち」「こなた」ともに女の室ではなく北の方の室（次段「うちにも入らせ給ふ事いと間遠なり」参照）、「給。はて」の補入は後人の誤訂正で、「給ひて」が正しく、「人の気色も」は「人の御気色も」とあるべき所と考えて、通説とは異なる解釈を行った。

以上三点、忌憚のない批判をたまわりたい。

二七　正月一日、院の拝礼

一としかへ《返》りて、正月一日二院のはいらい《拝礼》に、殿」五三オばらかず《数》をつくしてまい《ゐ》り給へり。宮もおはしますをみまい《ゐ》らすれば、いと三わかううつくしげにて、おほくの人にすぐれ給へり。これにつけても我が身はづかしうおぼゆ。うへの御かたの女房ゐで《出》い《居》て物みるに、四まづそれをば見で、五この人をみんとあな《穴》をあけさは《わ》ぐぞ、いとさまあし《様悪》きや。

くれぬればことは《事果》てゝ、宮いらせ給ひぬ。御を《お》くりに、上達部かずをつくしてゐ給ひて、六御あそびあり。いとをかしきにも、つれ〴〵なりしふる

新年になって、正月一日、冷泉院の拝礼の式に、公卿殿上人が皆さん参上なさった。宮もそれにお出かけになるのを拝見すると、まことに若くお美しくいらして、他の人々よりはるかに勝れておられる。それにつけても自分のような者がとはずかしく思われる。北の方の女房達も出て来て見物するのに、先ず宮様や公卿達を見ず、この女を見ようとして隔ての障子几帳に穴をあけて騒ぐのが、全く見っともない。

日が暮れる頃式が終って、宮はお帰りになった。お見送りに、上達部が大勢おいでになって、管絃の御遊がある。大変面白いにつけて、淋しく過していたもとの住居の事が何より先に思い出される。

こうして祗候しているにつけて宮は、下々の者の中からうるさい事を言い出すのをお聞きになって、「こんな

さとまづ思ひいでらる。

かくてさぶらふ」五三ゥほどに、げす《(下衆)》などのなかにもむつかしきことといふをきこしめして、かく人七のおぼしの給《(宣)》ふべきにもあらず、うたてもあるかなと心づきなければ、八うちにもいらせ給ふ事いとまど《(間遠)》を也。かゝるもいと九かたはらいたくおぼゆれば、いかゞはせん、たゞともかくもしなさせ給はんまゝにしたがひて候ふ。

になる程に北の方が思召し、おっしゃるべき事ではない、ああ厄介な事だ」と不快にお思いになるから、北の方のお住まいにおいでになる事が、大変間遠になって行く。そうした事も女はまことに工合の悪い事だと思うものの、どうしようもないので、ただともかくも、宮がして下さるそのままに従って奉仕している。

【語釈】 **一** 長保六年（一〇〇四）。七月二十日改元、寛弘元年。**二** 冷泉院の正月拝賀。当年実際の日取は三日（御堂関白記）。**三** 敦道24歳。**四** 拝賀の人々。**五** 作者。**六** 管絃の御遊。**七** 北の方を婉曲にさす。上の者の意向を察するからこそ下の者が悪言を放つのだ、という不快感。**八** 北の方の室。↓二六段注三。**九** 女の心情。

【補説】 敦道親王は、はじめ内大臣道隆の三女と婚したが、性格的な破綻から不縁となった。現北の方は左大将済時の二女で、姉娀子が春宮女御として華やいでいるのに対し、両親ともに婚儀の事を定めぬまま没したので、「いかで女御殿に劣らぬ様の事をなど思し構へ」（栄花物語巻八はつはな）、「御心わざに」敦道に嫁した（大鏡師尹伝）という。気の勝った女性であったのであろう、式部の存在を許容できなかったのも無理はない。仕える女房達もその気風を受けて誇高く、式部を見下してのぞき騒いだのであろう。

六段【補説】に示した通り、宮邸は冷泉院御所の南院であるから、そこから至近の本院に参賀し、退出を送って来た諸臣と、自邸で改めて新春の興を尽くすのである。

次節、「うちにも入らせ給ふ事いと間遠なり」の「うち」が北の方の居室をさす事は明らかであり、これにより前段「うち」の解釈も確定するであろう。

二八　まことにや、女御殿へ渡らせ給ふ

北の方の一御あね《姉》、二春宮の女御にてさぶらひ給ふ•、三さとにものし給ふ•ほどにて、御ふみあり。「いかにもこのごAろの人のいふことはまことか。我さへ人げなくなんおぼゆる。夜のまにもわたらせ玉《給》へかし」とあるを、かゝらぬこと」五四ォだに人はい

北の方のお姉様で、春宮の女御として出仕していらっしゃる方が、お里方に下っていらっしゃる頃で、そちらからお手紙がある。「何かとこの日頃の人のうわさしている事は本当ですか。私までが人並みでないような気持がします。夜分にでもおいでなさいませよ」と言われるのを、こんな事でなくても人はあれこれ言うのに、とお思いになるとまことに不愉快で、お返事に、「お手紙い

ふとおぼすにいと心うくて、御返り、「うけ《(承)》給はりぬ。いつも思ふさまにもあらぬ世のなかの、このごろはみぐるしき《(見苦)》ことさへ侍りてなん。四あからさまにもまいりて、五宮たちをもみたてまつり、心もなぐさめ侍らんと思ひ給ふる。むかへ《(迎)》に給はせよ。六これよりも。み《(耳)》ゝにもきゝいれ侍らじと思ひ給へて」などきこえさせ給ひて、さるべき物などとりしたゝめさせ給ふ。むつかしき所などかきはらはせなどせさせ給ひて、「しばしかしこにあらん。Bかくてゐたればあぢきなく。七こなたへもさしいで給はぬも、くるしうおぼえ給ふらん」とのたまふに、「八いとぞ」五四ウあさましきや。世のなかの人の九あざみきこゆることよ」「一〇まい《(ゐ)》りけるにも、おはしまいてこそむかへさせ給ひけれ」「すべて

ただきました。いつも思うようにも行かない世の中でございますが、この頃は実際見苦しいような事まで起りまして。差当り暫くの間でも参上いたしまして、お小さい宮様方の御様子も拝見し、気持を慰めたいと存じます。どうぞお迎えの車を下さいませ。私といたしましてもぜひ上りたいと思っておりました。いやな事は耳にも聞き入れたくないと存じまして」など申上げられて、お入用の物など御準備なさる。また見苦しい所など掃除させたりなさって、「しばらくあちらに行っていましょう。こうしてここに居たらとても不愉快だし、宮様も、こちらへ一向おいでにならないというのを気がとがめてお思いになるでしょう」とおっしゃるのに、「まあ情けないこと、世間の人の悪く申上げることったら」「あの女が参上するにも、宮御自身おいでになって連れていらっしゃったんですって」「目もくらむほどひどい事ばかり」「あのお部屋にいるのですよ、昼も三度も四度も、宮様がおいでになるのですって」「十分に、暫くの間こらしてお上げなさいませ。あまりおとなしく遊ばして何もおっしゃ

[一一]めもあやにこそ」「かの御つぼね《局》に侍るぞかし。ひるも三たび四たびおはしますなり」「いとよくしばしこらしきこえ玉《給》へ。Cあまり物[一二]きこえさせ給はねば」などにくみあへるに、御心いとつらうおぼえ玉ふ。

さもあらばあれ、ちかうだにみ《見》きこえじとて、御むかへにときこえ[一三]させ玉へれば、[一四]御せうと《兄》の君たち、女御どのゝ御むかへにときこえたまへば、さおぼしたり。御めのと《乳母》、ざうし《曹司》なる」五五ォ[一五]むつDかしげなるものどもはらはするをきゝて、せむじ《宣旨》、「かう〳〵してわたらせたまふなり。春宮のきこしめさん事も侍り。おはしましてとゞめきこえさせ玉へ」とき[一六]こえさはぐ《わ》をみるにも、いとおしう《ほ》くるしけれど、とかくいふべきならねばたゞきゝ

らないからこんな事になるのですわ」などと、女房達が憎みあっておうわさするので、北の方の御心としてはそれも大変辛くお思いになる。

それはともかく、せめて近くで見聞きはしたくないと思召して、お迎えをと御依頼になるので、御兄弟の方々が、女御殿の仰せでお迎えに参りましたとおっしゃるから、いよ〳〵出て行こうとお思いになる。北の方の御乳母が、自室の見苦しい物を処分させている様子を聞いて、宣旨が、「これ〳〵のようにしてお出ましになるようです。春宮のお耳に入ってもいけません。いらっしゃってお留めなさいませ」と騒ぎ立てて宮に申上げているのを見るにつけ、お気の毒で心苦しいけれど、女は自分が何か言う立場ではないから、ただ聞き流していた。こんな聞きにくい騒ぎの間、暫く退出していたいとも思うけれど、それも工合の悪い事でもあろうからそのまま祇候しているのにつけても、何にしても苦労の絶えない身だと思う。

宮が北の方の所にいらっしゃると、北の方は何気ない

ゐたり。きゝにくきころ[E]、しばしまかりいでなばやと思へど、それもうたてあるべければ、たゞにさぶらふも、なを《ほ》ものおもひ《物思》たゆ《絶》まじき身かなと思ふ。

宮い[一七]らせ給へば、さりげなくておはす。「まことにや、女御どの《殿》のへわた」五五ウらせたまふときくは。などくるま《車》のこともののたまはぬ」ときこえ給へば、「なにか、あれよりとてありつれば」とて、もののたまはず。

宮のうへ御[一八]ふみ《文書》がき、女御どのゝ御ことば、さしもあらじ、か[一九]きなしなめりと、本[二〇]に。」五六オ

ふりをしていらっしゃる。「本当ですか、女御殿のお里へいらっしゃると聞きましたが、それなら何で車もお申付けにならないのですか」とおっしゃると、「さあ、何でしょうか、あちらから迎えにといって車をよこしましたものですから」とおっしゃったきり、あとはもう物もおっしゃらない。

宮の北の方のお手紙の文句、また女御殿のお言葉などは、まさかこんなふうでもあるまい、作者が適当に書いたのだろうと、もとの本には書いてある。

【校訂考】

A底本「このころの」と見せ消ち。寛元本・応永本「このころ」。削除は不必要と認め、従わず。

B底本「。《かくてゐたれはあちきなく》こなたへも」。寛元本「かくてあらむはあちきなくこなたにも」、応永本「かくてあれはあちきなくこなたにも」。脱文と認め補入。

C底本「きこえ。《させ》玉へ」。寛元本「きこえ給へ」、応永本「かたさせ給へ」。次の「物きこえさせ」と重複するため、衍と認め、補入に従わず。

D底本「さうしなるむつかしけ《き》なるものとも」。寛元本「さうしなるものともなと」、応永本「さうしにむつかしき物とも」。傍観者からの描写ゆえ、間接的表現を妥当と考え、改訂に従わず。

E底本「きゝにくきところ」。寛元本「かくきゝにくきころ」、応永本「かくきゝにくき所」。場所的な問題ではなく時間的な問題ゆえ、削除を妥当と見て従う。

【語釈】　**一**　済時（↓二段注三〇）長女、娍子。**二**　居貞親王、後の三条天皇。敦道兄。**三**　実家小一条邸。**四**　ちょっとの間でも。**五**　娍子所生の皇子女。当時、のちの小一条院はじめ三男二女。**六**　自分もかねて里帰りしたいと思っていた、の意で、ここで文が切れると解した。**七**　宮の心中を推測しての言。**八**　以下、女房等の口々に言う言葉。**九**　嘲けり。**一〇**　作者宮邸入りの状況。**一一**　目がちらちらする程甚だしい意。**一二**　宮に対する北の方の消極的な態度をいう。**一三**　姉女御に。**一四**　伊予守為任・侍従相任・権中納言通任らがある。**一五**　↓二六段注一四。**一六**　宮に。**一七**　北の方の所に。**一八**　手紙の文言。**一九**　さながら事実であるかのように書く意。**二〇**　作品を終るに当り、創作ではなく他に原典があるかのように装う文章技法。「これでおしまい」という挨拶に当る。

【補説】　冒頭段に見事な筆の冴えを見せた作者ながら、さて結末をどう付けるか。これは起筆以上にむずかしい。決して一筋の純愛とは行かぬ、双方、さまざまの思いをこめながら、緊張感をもって描いて来た、この恋物語である。しかも二五段末の述懐が讖《しん》をなして、寛弘四年（一〇〇七）十月、すなわち女の宮邸入りから四年にして敦道親王は没するのである。日記の成立はその後、数年の間と考えられる。作者は恋の勝利、めでたし〳〵でこの日記を閉じる事はできなかった。読者側の心理を考えても、シンデレラの幸福なその後など、誰も聞きたいとは思わないであろう。ゆえに作者は北の方側の反応を叙しただけで、女の心情には触れることなく、一見、不可解なことわり書きで筆を止める。

日記・物語の大尾を、「私の見た本にはこう書いてあった」と結ぶのは、中古女流文学の常套手法である。

蜻蛉日記　京のはてなれば、夜いたう更けてぞたゝき来なる、とぞ本に。

枕草子　左中将、まだ伊勢の守ときこえし時、……それよりありきそめたるなめり、とぞ本に。

源氏物語　我が御心の思ひ寄らぬ隈なく、落しおき給へりし慣ひにとぞ、本に侍める。

これは口承昔話の結末が、

一寸法師はお姫様と結婚して、いつまでも幸せに暮らしましたとさ。

浦島太郎は白髪のおじいさんになってしまいましたとさ。

に終るのと同じく、長い物語をこれまで読んで来た読者に、「これでおしまい」と宣言するサインである。本記もこれを襲い、しかも終結宣言以上の含みを持たせて活用している。すなわち表面的に読めば、

宮の上御文書き、女御殿の御言葉、さしもあらじ、書きなしなめり、と本に。

これは、女よりはるか上位にある貴人の、不快感・嫉妬をあらわす言葉を、しかもその矛先を向けられた当の対象者が、まざ〳〵と書きあらわした事へのことわり書きである。しかしそのようにおそいながら、実は作者は、

「その部分は書きなしでもあろうが、これを除く、宮と女の愛にかかわるすべての叙述は、架空の物語ではない、真実なのだ」と、堂々と宣言しているのである。見事な放れわざではあるまいか。この事は早く、五十嵐力『平安朝文学史上巻』P.322（昭14）ならびに玉井『新註』の二大先達が看破しておられながら、以後必ずしも強力には継承されていないようなので、一言注意を促しておく。なお解説五に詳説する。

現代読者の眼から見れば、この終り方は尻切れとんぼで異様、不可解でもあろうが、現代的な常識は一往措き、古来培われて来た「語り」の常套形式を巧みな自己主張に変転、もってさりげなくこの恋物語を結んだ作者の手腕を、深思しつつ読了していただきたい。

解　説

一　緒言

中世和歌・日記研究者である私が、中古日記文学の雄、和泉式部日記の注釈に手を染めるという事は、専門別の分化著しい現在の国文学研究界においては異例、不遜と考えられるかも知れない。しかし私は、より早くから源氏物語・紫式部日記等に必ずしも注釈書によらず親しみ、和泉式部日記も研究対象としてではなく愛読して来た。ところがたまたま、某文化講座に本記講読の機会を得て、いささか研究的に読み直したところ、思いもよらず、読解上の疑問点を多々発見したので、論文「『和泉式部日記』読解考」（国語国文、昭61・4）を発表し、小著『宮廷女流文学読解考 総論 中古編』（平11）に収載した。しかし森田兼吉氏の書評（国語と国文学、平13・1。『日記文学論叢』平18所収）に一部の論旨紹介をいただき、また中嶋尚氏『和泉式部日記全注釈』（平14）に、個々の私解をそれぞれの段で、一説として検討抜きで簡略に紹介された以外、全く反響を見ずして今日に至っているのが実状である。

新見を学界に発表した以上、広くその当否を問い、採るべきは採り、訂すべきは訂していただきたいと願うのは、研究者として当然であろう。正当な批判の結果、否定されるのであれば、喜んでこれを受入れるものであるが、後出の研究・注釈に何等言及されず、肯定も否定もなしに埋れ去るという事は、研究者として忍び難い所である。齢傾き、いつの日かどのような研究者か、旧論を発掘検証して、当否いずれにせよ作品解釈上の糧としていただける時を待ち得ない状態となった今、おこがましくも私見による本記の注釈を発表して、広く当否の判断を求める次第である。

底本としては三条西家本を用いる。前引森田氏書評では、同本単独異文は信じられないとする立場から、本文研究にも立入る事を求められた。正統的な文献研究の素養を全く持たぬ事を自覚しつつも、この点についてもオーソドックスな手法とはやや異なる側面から、私見を述べてみたい。

研究史の長く深い本作ゆえに、多々学恩をたまわっている諸先覚の御論を種々批判する非礼、また研究注釈類のすべてに必ずしも嘱目し得ぬままに立論する疎漏については、御寛容の上批正をいただきたい。くれぐれも、再びの無視に終らず、忌憚なき批判検討によって、この美しい作品を真正の理解をもって味読するために、この貧しい注釈を役立てていただきたいと、心から希望するものである。

二　和泉式部略伝

和泉式部の伝については、すでに多くの詳密な論が積重ねられており、近くは武田早苗『和泉式部――人と文学』（日本の作家一〇〇人、平18）がこれを簡明にまとめている。私見として特に加えるべきものもないので、概略を述べるにとどめ、為尊親王との関係についてのみ、別にいささか詳密に考察したい。

和泉式部は生没年未詳、天元元年（九七八）頃出生かと推定され（以下年齢はこれにより示す）、最終事跡は万寿四年（一〇二七）十月、皇太后妍子七々日供養に玉を献じた記事（栄花物語巻二九玉の飾り）である。時に50歳前後か。同じく生没年未詳ながら、清少納言より14歳、紫式部より8歳程度年少という関係になろうか。父大江雅致は太皇太后宮大進として昌子内親王（朱雀天皇皇女、冷泉天皇皇后）に仕え、寛弘七年（一〇一〇）越前守となる。母は越中守平保衡女、昌子内親王乳母、介内侍。和泉式部を含め、女子数名をあげた。長保元年（九九九）十月、病重った昌子は三条の雅致宅に移御し、十二月一日、そこで崩ずる。なみなみならぬ深い君臣関係が推測され、式部が幼時昌子内親王に出仕したという説（中古歌仙三十六人伝）も、幼名「御許丸」とする事への疑問等はあるにせよ、当時の幼児教育の習慣、主家との関係からして、あり得べき状況であったと思われる。

最初の夫、橘道貞との結婚は長徳二年（九九六）頃、道貞30代半ば、式部19歳ぐらいか。道貞は長保元年（九九九）正月、任和泉守、九月太皇太后宮権大進を兼ねた。昌子崩御を報ずる小右記は、その場所を「道貞朝臣宅」と記しており、すなわち当時道貞は雅致宅に婿入りして、ここを生活・出仕の本拠としていたと見られる。やがて小式部も生れたであろう。しかし、年齢的に、また当代の慣習として、結婚以前から、道貞には他の女性、式部にも言い寄る男の数々が存在したであろうし、道貞が和泉に赴任しても小式部の養育の都合等もあり、式部が必ずしも常に同行したとも限らぬ事、

和泉といふ所に行きたる男の許より、佐野の浦といふ所なむ、ここにありけりと聞きたりや、といひたるに

いつみてか告げずは知らん東路と聞きこそわたれ佐野の舟橋　（続集三五〇）

にその片鱗が知られ、そこに為尊親王はじめ複数の男性関係が生じたものと思われる。なお為尊との恋については疑問も提出されているが、私は事実と認め、その理由は次章に詳述する。

この事件により、彼女は父の勘当を受けた。娘の幸福と生活の安定を思って正式に結婚させたのに、あからさまな男出入り、とりわけ主家の皇子との関係が取沙汰されるに至っては、社会的責任上にもその怒りは当然であり、式部も悲しみつつ素直にこれに服しながら、子日若菜をはじめ、季節毎のひそかな贈り物につつましく孝心を示し、また姉妹とやさしく交わっている。その真情は、「いはほのなかにすまばかは」を歌頭に置いた連作（正集四三三〜四四

四）をはじめ、正続集の諸作に示され、彼女の人柄の一面を美しく語っている。

為尊親王との熱愛は、長保四年（一〇〇二）六月十三日の宮の26歳死去により終る。そして十箇月後の五年（一〇〇三）四月、「夢よりもはかなき世の中」を嘆きくらす式部の許に、故宮の弟敦道親王23歳からの橘一枝がもたらされ、年末宮邸入り、翌寛弘元年（一〇〇四）正月北の方の宮邸退去に至る十箇月の、和泉式部日記の世界が展開する。三年（一〇〇六）皇子、のちの石蔵宮永覚を出産するが、四年（一〇〇七）十月二日、宮は27歳をもって死去。家集には哀切な帥宮挽歌が多数残される。

六年（一〇〇九）32歳、一条帝中宮彰子22歳の許に初出仕。その際応待に出た伊勢大輔との問答、

思はんと思ひし人と思ひしに思ひしごとも思ほゆるかな　（続集二八、式部）

君を我が思はざりせば我を君思はんとしも思はましやは　（二九、大輔）

折からの賀茂祭にちなんでの主従の唱和、

ゆふかけて思はざりせば葵草しめの外にぞ人を聞かまし　（正集四五五、彰子）

しめの内をなれざりしより木綿襷心は君にかけてしものを　（四五六、式部）

また道長が彼女の扇にたわむれに「うかれめの扇」と書きつけたのに対する返歌、

越えもせむ越さずもあらむ逢坂の関守ならぬ人なとがめそ　（正集二二五）

を見ても、紫式部日記評するところの「けしからぬ方」、――男女の交情に寛大であった当時ですら目立つほどの恋愛行動を周知されていながら、それでもあの人と親しみたい、ちょっとからかってもみたいと思わせるような一種の人徳、男性にも女性にも愛され、許されてしまう、特異な人柄の程がしのばれる。大先輩清少納言とも、気軽な贈答歌を楽しんでいる（正集四九五・四九六、五二九～五三二）。

この間、道貞は別に妻をめとって任国に伴い（正集八三八）、寛弘二年（一〇〇五）には陸奥守となって長和二年（一〇一三）没している。一方式部は道長の近臣で20歳程年長の、大和守藤原保昌と結婚。女、小式部内侍は母と同じく彰子に出仕、道長男教通に愛されて長和五年（一〇一六）男子（木幡僧都静円）を生み、また頼宗ほか複数の男性と関係を持った。寛仁三年（一〇一九）保昌は丹後守となり、式部を伴って任国に下った（42歳、正集四六五）。百人一首で有名な、小式部が定頼に、母不在中の歌会詠につきからかわれて即詠したという、「まだふみも《ふみもまだ(金)》見ず天の橋立」（金葉集五五〇）はこの頃のものである。彼女は万寿二年（一〇二五）十月、滋野井公成の子を出産して没した。26歳前後か。母式部は48歳。

　　内侍のうせたる比、雪の降りて消えぬれば

などて君むなしき空に消えにけんあは雪だにもふればふる世に　（正集四七三）

とゞめおきて誰をあはれと思ひけん子はまさるらん子はまさりけり　（四七六）

　　若君、御送りにおはする比

この身こそ子のかはりには恋しけれ親恋しくは親を見てまし　（四七九）

等、為尊・敦道挽歌とは別趣の哀歌二〇首近くが残る。

詞花集には、

　　保昌に忘られて侍りける比、兼房朝臣のとひて侍りければよめる

人しれず物思ふ事はならひにき花に別れぬ春しなければ　（三一二）

の詠があり、正集には同一詠が、初句のみ異なる形で、

　　丹後にありける程、守、のぼりて下らざりければ、十二月十余日、雪いみじう降るに

待つ人は行きとまりつゝあぢきなく年のみ越ゆるよさの大山　（五七三）

人のかへりごとに

年をへて物思ふ事はならひにき花に別れぬ春しなければ　（五七四）

丹後に

ふればうし経じとてもまたいかゞせむ天の下よりほかのなければ　（五七五）

同じ人に

うきに生ひて人も手ふれぬあやめ草たゞいたづらに音のみなかれて　（五七六）

と並んでいるので、保昌との仲も必ずしも順調とのみは限らなかったようであるが（この点、小松『和泉式部集全釈』に詳細な考察がある）、その後大和守に転じた保昌に、万寿四年（一〇二七）十月、皇太后妍子（道長二女、三条院中宮）七々日供養の仏の飾りの玉を下命されたのに対し、その旨京の家に言いやり、和泉式部が、

数ならぬ涙の露を添へてだに《たらば(集)》玉の飾りを増さん《か(集)》とぞ思ふ（栄花物語三二四、正集三六八）

と詠んで奉ったと見え、その仲は続いていたと思われる。時に50歳。これが知られる最後の事跡である。

なお、家集には続集巻末の八〇首近い日次歌群をはじめ、男性との深い交渉を示す詠は多くあるが、その相手や詳細はわかっていない。夫、保昌はのち摂津守となり、長元九年（一〇三六）九月、同地で没した。79歳であった。

三　為尊との恋

本記を考える場合、どうしても避けて通れないのは、敦道親王との恋愛の前提条件として描かれている、その兄為

尊親王との熱愛が、果してあったか否かの問題である。

冷泉院皇子のうち、関白兼家女超子所生の、春宮（三条帝）・為尊親王・敦道親王は、祖父兼家に特に愛されたが、弟宮二人は性格が「少し軽々」であったと評されている（大鏡、兼家伝）。為尊は貞元二年（九七七）誕生、長保四年（一〇〇二）六月十三日没、26歳。敦道は天元四年（九八一）誕生、寛弘四年（一〇〇七）十月二日没、27歳。為尊については、栄花物語巻七鳥辺野の記述、

あさましかりつる御夜歩きのしるしにや、いみじうわづらはせ給ひて、うせ給ひぬ。この程は新中納言・和泉式部などに思しつきて、あさましきまでおはしましつる御心ばへを、……


により、当時流行の疫病を物ともせず、和泉式部ほかの女性達の許に夜歩きを重ねたため、感染、死去したと考えられて来たが、近年の研究によれば疫病流行は長保三年春から七月にかけてであり、親王の罹病は同年十月からで、必ずしも疫病とは関連せず、かつ和泉式部との恋愛も従来考えられて来たような熱烈なものではなかったのではないかという説が出されている（藤岡忠美「和泉式部伝の修正――為尊親王をめぐって――」文学昭51・11、「和泉式部の「生」――和泉式部伝の現状と課題――」『論集和泉式部』昭63）。

和泉式部正・続集中に、帥宮への挽歌群は明示される形で多数存在するのに、為尊へのそれは存在しないという事も、右の説の論拠の一となっているが、果してそれが「存在しない」と明確に言い切れるか否か。これを解明する大きな鍵が、正集二六八〜三一〇、「観身岸額離根草　論命江頭不繫舟」（和漢朗詠集七九〇、羅維）を歌頭に置いた四三首の連作（以下、「観身論命歌」と略称する）である。その成立期については、為尊挽歌・敦道挽歌・晩年の三説がある事、右『論集』藤岡論文に詳しいが、私はこれを明らかに為尊挽歌と認め、その存在により、為尊との「熱烈な恋愛」を事実と認定、日記の成立に深く関与するものであると考える。

等しく「挽歌」と言っても、その悲しみのありよう、表現の仕方には、状況により様々の差異があるはずである。その点に注目するに、観心論命歌と、詞書等により明らかに敦道挽歌と認められる諸作とは、大きな違いがある。すなわち、いずれの悲しみも真情である事に違いはないが、観心論命歌には、敦道挽歌と明示される作にはない、張りつめた悲痛な孤独感がある。いずれの悲しみをより深いとは言えないけれども、敦道挽歌の場合には、

　　宮の御四十九日、誦経の御ぞもの打たする所に、これを見るが悲しき事、などいひたるに

　うちかへし思へば悲し煙にも立ちおくれたるあまの羽衣　（続集三八）

　　おほんぶく脱ぎて

　限りあれば藤の衣は脱ぎすてて涙の色を染めてこそ着れ　（八五）

のように、正式に忌服して、供養も取りもって行っており、またそれについての贈答歌を交わしうる人や「御手習」（続集四〇）「南院の梅の花」（四八）などを贈ってくれる人、「御硯」（八四）「御襪《しとうず》」（一〇四）を求める人等があり、召人待遇とは言いながら、実質、妻に近い立場と周囲から認められている上、遺児もあった。追慕の思いも、

　かたらひし声ぞ恋しき面影はありしそながら物も言はねば　（五四）

　君と又みるめ生ひせばよもの海の底のかぎりはかづき見てまし　（七八）

　なけやなけ我がもろ声に呼子鳥呼ばば答へて帰りくばかり　（一〇三）

と、きわめて率直で情愛深い。

　対する観身論命歌の式部は、全くの孤独である。

　見る程は夢もたのまるはかなきはあるをあるとて過ぐすなりけり　（正集二六八）

　観ずれば昔の罪を知るからになほ目の前に袖はぬれけり　（二七〇）

　塵のゐるものと枕はなりぬめり何のためかは打ちも払はん　（二九二）

　住みなれし人影もせぬ我が宿に有明の月の幾夜ともなく　（二九五）

高貴の若宮と一介の受領の妻との関係は当時許さるべくもなく、しかもおそらく為尊の愛は激しく一方的で、若い式部はその奔流にさらわれてはじめて真の恋というものを知り、はっと気づいた時もう恋人はこの世にいなかった、という状態であったであろう。その上我が子の幸福と安定を祈って親が選んだ夫に背き、ために勘当を受けて父母姉妹とも絶縁されたという状況。

　たらちめのいさめしものをつれ〴〵と詠むるをだにとふ人もなし　（二八六）

　命だにあらば見るべき身のはてをしのばん人もなきぞ悲しき　（二九〇）

　類よりもひとり離れて知る人もなく〳〵越えん死出の山道　（三〇八）

敦道挽歌とは全く異なる世界に、一人立っての詠である事、明らかであろう。

　為尊の死は六月、そして今は初冬。

　野辺見れば尾花がもとの思ひ草かれゆく程になりぞしにける　（二七六）

　外山吹く嵐の風の音聞けばまだきに冬の奥ぞ知らるゝ　（三〇一）

　りんだうの花とも人を見てしがな枯れやは果つる霜がくれつゝ　（三〇二）

世間の手前、親の手前、表立って恋しいとすら言えぬ愛人を失って半年、とするに、まことにふさわしい哀慟である。季節的には十月没の敦道の一周忌悼歌と見られなくもないが、前引敦道挽歌諸詠と対比して、これは全然性格が違うであろう。その上で、

　瑠璃の地と人も見つべしわが床は涙の玉と敷きに敷ければ　（二八七）

寝し床に魂なきからをとめたらばなげのあはれと人も見よかし　（三一〇）

の絶唱が生れる。これは処世上の辛酸を多々味わった後の晩年の作とは到底言えぬ、実に若々しい輝きに満ちた、人生最初の、しかも最深の孤独悲傷の表現である。おそらく古今の歌人の誰にも詠めないこれらの詠を成した時、自ら全く気づかない魂の深部で、悲しみは悲しみとしつつも式部の心は再生に向っての第一歩を踏み出していたであろう。そして更に半年。暗がりもてゆく木の下、青やかになった築土の草に時の流れを感じ、「あはれとながむる程に」弟宮からの橘一枝。「昔の人の」と思わず口に出し、その人を胸に抱きつつ次の恋に向うのは、実に自然な時の経過、心のありようではあるまいか。

私は右のように考え、これをもって、為尊との熱愛の実在を証するものと認め、それ無くして本記の成立はありえなかったと推定する。

四　伝本考

和泉式部日記の伝本研究は、今更事新しく言うまでもなく、1　三条西家本・2　寛元本・3　応永本・4　混成本（扶桑拾葉集・群書類従等）の四系統に分類され、三条西家本の優位は認めつつも、それのみでは解し得ない所もあるとして、寛元本・応永本の見直しも進められている。混成本は本記普及上の功は大きいが、本文的には依拠するに足りない。私は書誌的研究法には全く疎い上、中世文学を主たる研究対象とし、中古諸作品は多年の愛読書としてのみ親しんで来た者であり、和泉式部日記はその最も古い昔馴染として愛着を持つ作品というに過ぎない。従ってその本文の書誌的研究に口を挟む事には忸怩たる思いを禁じ得ないが、しかし注釈研究を行う以上、その第一歩として、自己の見解としての底本選定の論理がなければなるまい。オーソドックスな研究手法とはいささか異なるかも知れぬが、私見による本文制定方針とその理由とを明確にしておきたい。

底本としては三条西家旧蔵、現宮内庁書陵部蔵「和泉式部日記」を、複製本（藤岡忠美編、昭58、和泉書院）により用い、書誌も右複製本付載解説により略述する。本来、原本に当るべき事勿論であるが、頽齢により便宜の方法によった点は宥恕されたい。

縦16・4糎、横16・8糎の列帖装。紫に金砂子を散らした表紙の中央に「和泉式部日記」と記した金泥紙題簽を貼る。料紙は斐紙。第一丁は表紙裏に貼付、遊紙一丁。本文は第三丁表～第五八丁表。一面一一行、和歌二字下げ二行書き。第五九丁表に冷泉院諸皇子の系図と和泉式部の略伝を記す。

三条西実隆は長享二年（一四八八）34歳、将軍足利義尚の命により、正月五日から二月十四日にかけ和泉式部日記を書写校合して進上した（実隆公記）。当三条西家本がその進上本に当るか否か、また実隆自筆か否かは不明であるが、書風から見て、自筆ならずとも実隆にごく近い所で成立したものであるとするのが大方の見解である。実隆は康正元～天文六年（一四五五～一五三七）83歳、内大臣正二位、室町期歌人・歌学者の最高峰にあり、中古以来の公家の生活伝統・言語感覚を身をもって熟知していた文化人である。当代において、平安女流文学の表現世界を最もよく理解し得る人物であったと言ってよく、その身辺において成立した当本は、伝写中の若干の過誤は避けられぬとしても、おそらく最もよく和泉式部自身による原作の面影を伝えるものであろうと思われる（五・六参照）。

これに対し、寛元本は寛元四年（一二四六）五月十二日書写、応永本は応永二十一年（一四一四）正月書写の本奥書を持ち、本来的には三条西家本よりかなり古い成立ではあるものの、いずれもその近世初期の転写本であり、写を重ねるにつれ、時代の経過による生活文化・言語感覚の変容に伴って難解となった表現を、当時の擬古文的知識によって改訂した箇所が相当にあるものと思われる。ために三条西家本の簡潔に比して、他二本は著しく説明的、冗慢になっている。その実例を、三系統各本文の冒頭部を対比して示す。比較の便のため、表記は統一、三条西家本に対する他二本の相違点を、〜〜と○で示してある。黙読するだけでなく、それぞれを音読、対比して、文章としていずれが優れているかを判断していただきたい。

三条西家本

夢よりもはかなき世の中を歎きわびつゝ明かし暮らす程に、四月十余日にもなりぬれば、木の下暗がりもてゆく。築土《ついひぢ》の上の草、青やかなるも、人はことに目もとゞめぬを、あはれとながむる程に、近き透垣《すいがい》のもとに人のけはひすれば、誰ならんと思ふ程に、故宮に侍ひし小舎人童なりけり。

寛元本

夢よりもはかなき世の中を歎きわびつゝ明かし暮らす程に、はかなくて四月十余日になりぬれば、木の下暗がりもて行く。端の方を眺むれば、築土《ついぢ》の上の草の青やかなるも、ことに人は目とめぬを、あはれにながむる程に、近き透垣のもとに人けはひのすれば、誰にかと思ふ程に、差出でたるを見れば、故宮に侍ひし小舎人童なりけり。

応永本

夢よりもはかなき世の中を歎きつゝ明かし暮らす程に、はかなくて四月にもなりぬれば、木の下暗がりもていく。端の方を眺むれば、築土《ついひぢ》の上の草の青やかなる、人はことに目とゞめぬを、あはれにながむる程に、近き透垣のもとに人のけはひのすれば、誰にかと思ふ程に、差出でたるを見れば、故宮に侍ひし小舎人童なりけり。

一見して明らかな如く、三条西家本は最も短い。それは、「はかなくて」「端の方を眺むれば」「差出でたるを見れば」という、説明的な挿入句がないからである。「はかなくて」は直前の「はかなき」と重複するし、ここに想定される階級の女性なら、室内にこもって外景を眺め、訪問者にも受動的に対応するのがこの時代の常態であるから、「端の方を眺むれば」「差出でたるを見れば」は不要の説明で、これらを欠く三条西家本が原態であり、他二本の異文は当代女性の日常生活を十分に理解しえなくなった、時代なり階級なりにおいて成立した、書写者の常識の範囲内での改訂と見るのが妥当であろう。

更にはまた、「四月十余日にもなりぬれば」「人はことに目もとゞめぬを」「あはれとながむる程に」等に見る助詞の持つ、こまやかな味わい、「誰ならんと思ふ程に、故宮に侍ひし小舎人童なりけり」――「誰かと思った。まあ、あなただったの」という、意外性と喜びの呼吸など、三条西家本と他二本とを音読比較するならば、文学的表現としての前者の優秀性は、誰の眼にも明らかであろうと思われる。

特に注意すべきは、これが作品の冒頭部分であるという事である。作品の冒頭は作者の命である。ここで読者の心をグッととらえ、作品世界に引きずり込まなかったら、あとを読んでもらえない。その、最肝要の冒頭文章が、原作よりも後人の改訂によってすぐれたものになった、というような事が、あり得るものであろうか。字数や表現形式に明確な制限のある、和歌・俳諧であったなら、師の添削によって作品が「よくなる」例は珍しくなかろう。しかし形式自由な散文、しかも自己の生そのものを題材とする日記文学において、作者がなし得た以上にすぐれた文学表現が、後人に行えるものであろうか。

源氏物語の文章に対する皮相な印象などから、中古女流の文体を、委曲を尽くすあまり冗長煩雑なものと考えるのは大きな誤りである。彼女らは公家社会という限られた同質環境の中での、共通理解を当然のものとして物を言っているので、当時としてわかりきった事には何の説明も必要としていない。また、わずか三十一字の和歌が感情伝達の有効手段であった環境ゆえに、助詞・助動詞の用法に、自然のうちに熟達しており、この二点をあわせて、中古女流の文体は各自の個性を発揮しつつも、総じて簡潔にして、当時の予想される読者にとり、明晰達意の文章であったはずである。源氏物語では作り物語としての必要上、筆を惜しまず詳述する部分も多々あるが、一方、予想される読者の理解に信頼し得る部分については、「御局は桐壷なり」「見奉る人さへ露けき秋なり」のように、きわめて緊縮した表現で効果をあげている。これらの点を念頭に置きつつ上掲三系統本の本文を比較するならば、三条西家本の本文こそ、中古女流の文体として最もふさわしいと理解されるであろう。

冒頭のみを例示したが、このような文体傾向は本記全体を通じて変らず、それが三条西家本と他二本との間における、文学性の大きな径庭にかかわっている。三条西家本をもって、拠るべき最優秀本文とする所以である。

もとより、三条西家本にも誤写・脱落等の瑕瑾はあり、また校訂時期は不明ながら、見せ消ち・傍書の形での校合も示されている。しかしその根拠は未詳であり、遇ま他本と合致する点があっても遽かにこれに従う事はためらわれる。現代における「古文」の知識・感覚でこれら校訂や他系統本文の異文により軽々に三条西家本本文を改訂するならば、新たな「混成本」を作ってしまう虞れなしとしない。このように考えて、本注釈ではできる限り当本の原本文を生かす事とした。その詳細は、各段【校訂考】【補説】に見られたい。従来説とは異る奇矯な解釈と見られるかも知れないが、多年中古中世女房文学に親しんだ研究者・愛読者の読みとして、文学的表現効果の優劣を虚心に比較評定していただきたい。

五　作者考

数ある日記文学、他はすべて何の疑いもなく自作とされている中で、ひとり和泉式部日記のみは、題名を「和泉式部物語」とする伝本の複数存在や、超越的視点・第三人称叙述等をめぐって自作他作の論議が盛んに行われ、現在では種々の観点からして自作説優位でありながら、決定的な結論は示されていないようである。私は、従来必ずしも注目されていない、作品の内部徴証からして、和泉式部自作以外には考えられないとする者であり、その点を論証する。

1

歌人としての和泉式部は、正・続の両家集に各八九三・六四七首(含重複・他人詠)計一五四〇首を残すほか、勅撰集作者としては拾遺集に「雅致女式部」として一首初入集、以後、新後撰集を除く一八集に、合計二四一首、及び付句一・左注一・詞書一(含重複)の入集を見ている。その内訳は左表の通りである。

集名	歌数	其他
拾遺	1	
後拾遺	68	
金葉	3	付句1
詞花	16	
千載	21	
新古今	25	
新勅撰	14	
続後撰	16	
続古今	3	
続拾遺	6	
新後撰	0	
玉葉	34	
続千載	7	
続後拾遺	5	
風雅	7	左注1
新千載	4	詞書1
新拾遺	4	
新後拾遺	4	
新続古今	3	
計	241	3

各作者それぞれに時代・歌壇事情を異にするとは言え、女流勅撰作者としては、伊勢の古今集以降一五集一六二首、式子内親王の千載集以降一五集一五七首をはるかに抜く第一位を占め、特に現代的価値観に照らしても文芸的に勝れた、千載・新古今・玉葉の三集に、多数の入集を見ている。彼女の作品が時代を越えていかに人々の心に響き、愛されているか、明らかであろう。和歌が日常会話そのものとして生きていた幸福な時代、その機能を十全に発揮すると

共に、朗詠や古歌の一部を歌頭に置くとか、「昼偲ぶ」「夕の詠め」等、自ら設定した恋の状況（しかもその設定そのものが一首の和歌形式になっている）による連作を試みるとか、実に自由な発想で、生涯に体験したさま〴〵の喜び、悲しみを、珠玉の三十一字に結実させている。

その人が、あまたの恋の中でも最もいとおしい、帥宮敦道親王との恋の経緯を、錯雑した心理的葛藤まですべて包み隠さず、自己の一方的主張ではない鳥瞰的視点をもって、こまやかに描きつくしたのが、この「和泉式部日記」である。和泉式部ならぬ後人が、家集はじめいかに豊富な原資料を提供されようとも、それを取り合せてかくも見事な名作を創造し得るとは思われない。

本記には和歌が一四一首（一三段文中の「消えぬべき」詠を含む）、短連歌二連が収められ、うち女詠七四、宮詠六五、古歌二（宮・女各一）。連歌は二連とも宮上句・女下句である。他に一七段に宮が口ずさんだ上句と思われるものがあるが、今は数に加えない。

うち和泉式部正集と重複するものは六六（うち宮詠七）首と短連歌一、続集と重複するものは三首である。続集では三九七・四七五・五九九番と散在するが、正集では二二〇〜二二四・二二六〜二三一番の一一首、三九二〜四二一番の三〇首、八六八〜八九三番の二六首と、まとまった形で存する。しかしこれらと日記本文との間には有機的な関係は見出されず、異文も多くて、現存の家集から取材して本記を構成し得る可能性は考えにくい。

対する宮の言動がまた、想像構成の範囲を越えた奔放さであり、ことにもその詠は歌数においても質においても女の詠と拮抗して遜色がない。しかも、「今の程もいかゞ」（二段）「只今いかゞ」（四段）「いかにぞ」（七段）「只今の程はいかゞ」（一二段）「いかゞある」（一三段）「いかゞ見る」（一四段）と、いかにも性急な、若い貴人にふさわしい率直端的な問いかけの反復とも相伴って、当代男女交渉の妙味を生き〳〵と示している点から見ても、これらは必ずや式部の手許に保存されていた内々の消息類と生々しい記憶とを資料としているものと思われ、そのような操作をなし得るのは和泉式部自身をおいて他にはあり得まいと考えるものである。

中にも一三段、女の「手習ひの如くに書きゐたる」感想文に注目したい。その内の和歌五首のみは正続集に入集して一般に知り得るとしても、これを自在に散りばめた私信を後日に創作し、本段の見事な効果を構成演出する、というような手腕ある他作者が、果して存在し得るであろうか。本段のごときは式部自作の明らかな証であろう。

2

以前、私は中古中世女流日記のすべてについて、作中にあらわれる服飾表現（歌語を除き、染・仕立、禄・布施、動詞「装束く」を含む）の量と特色を調査報告した（「女流日記の服飾表現」『日記文学研究』第二集、平9。『宮廷女流文学読解考総論中古編』平11所収）。その際はじめて気づき、一驚を喫したのが、本記における服飾表現の少なさであった。全作品における表現件数を表示すれば、次の如くである。

日記文学における
服飾表現登場件数表

時代	作品名	件数
中古	蜻蛉日記	28
	和泉式部日記	2
	紫式部日記	29
	更級日記	12
	讃岐典侍日記	19
中世	たまきはる	34
	うたゝね	1
	弁内侍日記	27
	とはずがたり	80
	十六夜日記	4
	中務内侍日記	16
	竹むきが記	28

一見して、この点における本記の特異性は明らかであろう。中世、阿仏の二作は他作品とは性格を異にするので暫く措き、宮廷社会と男女の愛情にかかわる諸作において、描写上きわめて有効であるべき服飾表現が、まさにその社会における恋愛をのみ主題としている本記において、かくも極端に少ない事――しかも読者は全くそれに気づかず、この恋物語を生々しいリアリティーをもって受けとめるであろう事には、どういう意味があるのか。

その、僅か二件の服飾記事は、いずれも宮の直衣姿、それも女から見ての印象を、簡潔に、しかもあり〳〵と語るものである。

女はまだ端に月ながめてゐたる程に人の入り来れば、簾うちおろしてゐたれば、例の度ごとに目馴れてもあらぬ御姿にて、御直衣などのいたうなえたるしもをかしう見ゆ。（八段）

宮の御さまいとめでたし。御直衣に、えならぬ御衣、出袿にし給へる、あらまほしう見ゆ。目さへあだ〳〵しきにやとまでなん。（一八段）

色目一つ描かれてはいないが、かの源氏物語花宴、右大臣家の藤の宴に待たれておもむろに登場する源氏の君の、善尽くし美尽くした細密描写にも劣らぬ現実感で、宮の艶姿をクローズアップし、言外にこれに釣り合う女の容色をも想像させる、見事な描写と言えよう。もしも他作であったら、ここまで禁欲的、しかも効果的な表現ができるであろうか。自作なればこそ、宮の魅力など必ずしも服飾によらずして当然、まして自己の装いなど語る必要もなく、この恋物語を生き〳〵とした現実感をもって書き上げる事ができたのであると考える。

「手枕の袖」は歌語として、右統計からは省いたが、その反復応酬が特異な効果をあげている事をも伴って、本記における現実の服飾表現の少なさにはつい気づかず読み過しがちである。しかしこれは過去に指摘された事のない本記の特異性であり、間接的ながら式部自作を裏づけるものとして、注意を促したい。

3

本記の末尾は、「宮の上御文書き、女御殿の御言葉、さしもあらじ、書きなしなめりと、本に」と終る。このような終り方は、蜻蛉日記・枕草子・うつほ・源氏物語に共通で、平安当時の一般的了解による「物語の大尾の形式」であった事については、石田穣二「物語の大尾の形式について」（「大学論藻」54、昭54・12。『源氏物語攷その他』平元所収）に明らかである。すなわち、

蜻蛉日記　京のはてなれば、夜いたう更けてぞたゝき来なる、とぞ本に。

枕草子　左中将、まだ伊勢守ときこえし時、……それよりありきそめたるなめり、とぞ本に。

うつほ　季英の弁の、娘に琴教へ給ふ事などの、これ一つにては多かめれば、中より分けたるなめり、と本にこそ侍るめれ。

源氏物語　我が御心の思ひ寄らぬ隈なく、落し置き給へりし慣ひにとぞ、本に侍める。

和泉式部日記　宮の上御文書き、女御殿の御言葉、さしもあらじ、書きなしなめりと、本に。

がそれに当り、必ずしもハッピーエンドと限らぬままの擱筆を読者に納得させる、昔話の「……しましたとさ」に当る、作者・読者相互に了解ずみの形式として、当代、広く行われたものであった（岩佐「源氏物語最終巻考―「本に侍める」と「夢浮橋」と―」『源氏物語の展望』10、平23）。

以上の点は、現代、異論なく了解されているところであるが、実は本記ではこれを利用しつつ、そこに更に見事な効果を附加している。これについては慧眼の二大先達の指摘がすでにありながら、余りに古い論として忘れ去られているかに思われるので、ここに再説する。すなわち五十嵐力『平安朝文学史上巻』（昭12）は、式部自作とする前提

のもとにこの部分を取上げ（P.323）、

「宮様の北の方の御手紙の書きぶりや、それから姉君東宮の女御の御言葉つきなどは、作者の想像で極あらッぽく書いたのです」と但書をしてゐるところを見ると、お二人に関する以外の愛人相互の交渉は、委曲をつくして精細に書いてあるといふ隠微をほのめかしてゐるやうで、その得意さが想像される。

と述べているし、玉井『新註』（昭24）は当段の〔備考〕として、

これ以上書きつづける感興はもう起きなくなったのであらう、筆は突然に収められた。それに結びを与へる為に、「妃の宮の御文や女御殿の御手紙は作者の想像なのであらう」といふ奥書めいたものをつけて、一面にはこの日記に趣を添へ、一面には妃の宮や女御殿のことは作者の想像でもあらうが、宮と女の関係の記事は、三人称で書いてあっても、これは事実ありのままのものに相違ないといふ意味をほのめかした巧みな手段であらう。

と記し、同書解題中に「この日記が式部以外の人の手に成ったものとは、たうてい考へられぬのである」とする事の、有力な一証としている。まことに妥当な見解で、従うべきであろう。

4

更に、これはより薄弱な状況証拠にすぎないが、宮との交情の育ち方にも、他作であったら果してこのような構想、叙述がなされ得たであろうかと思われる点がある。すなわち、終始、帥宮との愛情物語でありながら、冒頭から五段あたりまでは、二人の間に「故宮」のイメージが色濃く残っており、それをつき崩そうとする、宮の手をかえ品をかえの接近ぶりが描かれる。これは他作でもある程度想像し描写し得る事とは言いながら、三段の物詣でにかかわる女の「代詠」一件（七—1参照）など、本人でなければ書き得ない所ではあるまいか。

「故宮」の影がようやく薄れたのちも、女の周圍には常に複数の男の噂や、また言い寄る実態があり、女も交情は絶っている旨明言しているものの、過去の事実を含め、そうした存在を否定していない。宮はこれに苦しみ、二段、初会の会話「さき〴〵見給ふらん人のやうにはあらじ」から、女が宮邸入りをほぼ決意した二一段に至るまで、あるいは無関係の車の存在に疑心暗鬼をつのらせ、あるいは近臣らの噂話に神経を逆撫でされて、無沙汰を重ねたり（九段）「いさ知らず」と放言したり（二一段）する事、数回に及ぶ、女もまた、「すきごとどもする人」（四・一〇段）や、「よからぬ人々文おこせ、又自らも立ちさまよふ」（一九段）事実の存在を、「只今はともかくも思はぬ」（四段）「目も立たず」（一〇段）と言いつつも率直に認めている。その上での、ほとんど類例のない逆説的な愛情表明の唱和（二一段）、

疑はじなほ恨みじと思ふとも心に心かなはざりけり　（宮）

恨むらむ心は絶ゆな限りなく頼む君をぞ我も疑ふ　（女）

をもって、ついにこの葛藤は解消し、二二段の宮の贈歌、

かれ果てて我よりほかにとふ人もあらしの風をいかゞ聞くらん

に、「のたまはせける」（よくまあおっしゃること）と思わず笑ってしまう女の姿がクローズアップされるのである。よくも愚ろに反復したもので、他作であったら、かくまで揺り返し〳〵の執拗な感情的葛藤、これを克服しての愛の成就という過程は、構成創作しえないのではないかと思われる。

前述一三段の、宮来訪に気づかなかった失態の陳謝にかえて、その時綴っていた感想文そのものを、何の言いわけもなしに贈って成功する才気、一四段の、宮からの代詠依頼にかかわる一連のやりとりもまた、甚だユニークで、自作を強く思わせるところであろう。印象批評に過ぎないかも知れぬが、以上を総合して、自作説強化の一助とすると

ころである。

和泉式部続集、帥宮挽歌群の中に、一周忌直前かと思われる次の二詠がある。

使はせ給ひし御硯を、同じ所にて見し人の乞ひたる、やるとて
あかざりし昔の事を書きつくる硯の水は涙なりけり　（八四）

御文どものあるを破りて、経紙にすかすとて
やる文に我が思ふ事し書かれねば思ふ心の尽くる世もなし　（八六）

これをもって直ちに本記の制作に結びつけ、これを宮一周忌前後の成立とは必ずしも言わぬけれども、かく歌った和泉式部にしてこの美しくユニークな日記を書かずして、他の誰がこれを創作なし得るであろうか。

六　文体考——「て止め」考察による作者考補説

本記に顕著な独特の文体として、接続助詞「て」（「とて」および否定形「で」を含める）をもって文を止め、これについて現われるはずの「接続継起すべき事態」の描写を省略したまま、新たに次段に移る、という文体（以下、「て止め」と仮称する）が、特徴的に見られる。従来の諸解釈では、一部を「中止して余情を残す言い方」と解説するが、多くは直接下文に続く通常の接続と見、文体上格別の注意は払われてはいない。しかしこれは他の同類作品にはあまり多くを見ない叙法である。

蜻蛉日記では一〇例。いずれも、

文見えたり。……「ただいまここち悪しくて」とて、やりつ。（中）

「これして」とて、冬の物あり。（下）

「帰る雁を鳴かせて」など答へたれば、（同）

等、書状または会話文の簡略表現。

枕草子では七例。

「ねぶりをのみして」などとがむるを、（四段）

「きたなげならん所かきすてて」など言ひやりたれば、（八三段）

「我に毬打きりて」など乞ふに、（一三七段）

等、会話の言い切り。

紫式部日記では二例。

ことさらに行幸の後とて。（若宮産剃り）

笛歯二、筥に入れてとぞ見侍りし。（巻末）

ともに説明補足の形。以上三作、いずれも、「中止して余情を残す言い方」ではない。物語作品にまで精査を及ぼすには至っていないが、今直ちに念頭に浮ぶ程の印象的な「て止め」の存在を思い得ない。とすれば、今少し注意深く、本記の「て止め」とその効果を分析考察する必要があるのではないか。

「て止め」は効果的な倒置表現として、和歌に屢ば用いられる。

奥山の岩垣紅葉散りぬべし照る日の光見る時なくて　（古今集二八二、関雄）

月やあらぬ春や昔の春ならぬ我が身一つはもとの身にして　(七四七、業平)

和泉式部も当然これを用いており、重複を除き、正集一四・続集四例ほどが拾え、中には必ずしも倒置のみにとどまらず「中止して余情を残す」情趣のすぐれたものが見られる。

さなくてもさびしきものを冬来れば蓬の垣のかれはてにして　(正集三〇七)

かきくもる中空にのみ降る雪は人目も草もかれぐ〵にして　(七一三)

夕暮は人の上さへ嘆かれぬ待たれし比に思ひあはせて　(八一二)

過ぎゆくを月日とのみも思ふかな今日ともおのが身をば知らずて　(続集五〇〇)

等。

「中止して余情を残す」意の「て止め」表現は、本記においては従来指摘されていないものをも含め、二三例にものぼると考える。

1　昔の人のと言はれて。(一段)

2　「思ひたまふべかりぬべけれ」と聞えて。(三段)

3　ものうくはづかしうおぼえて。(同)

4　しばしのぼらせ給ひて。(八段)

5　かくなん言ふと聞えて。(九段)

6　御文書かせ給ひて、給はせて。(一一段)

7　あはれにおぼされて。(一五段)

8　「かきみだる心地のみして」。(同)

9　たはぶれごとに言ひなして。（同）
10　「聞え絶えん事のいとあはれにおぼえて」。（一六段）
11　こゝにもかしこにも眺め明かして。（一七段）
12　宣はせたる今ぞ人参りたれば、御気色悪しうて。（同）
13　「問はせたればとく参らで」。（同）
14　「起きながらしも明かし顔なる」と聞えて。（同）
15　「いとよく侍るなり」と聞えて。（一九段）
16　口惜しう思ひ明かして。（同）
17　「高瀬の舟の何かこがれん」とて。（同）
18　のたまはせける、と見るもをかしくて。（二二段）
19　「あらじとぞ思ふしばしばかりも」など宣はせて。（二五段）
20　なか〳〵人も思へかしなど思ひて。（二六段）
21　「あなたには人も寄り来ず。そこにも」など宣はせて。（同）
22　「耳にも聞入れ侍らじと思ひ給へて」。（二八段）

他作品とくらべ、特に長篇ではない本記において、格段に多数であろう。これらの中にはすでにそれと認められているものも勿論あるが、素直に下文に続くものとしてその叙述の妙を見過されているものも一二にとどまらないので、各段**【補説】**にも注意したところではあるが、まとめて通観する。

1　一段　昔の人のと言はれて。

冒頭、小舎人童が橘の花を取出でた場面。全く予期せぬ贈物に、思わず「昔の人の袖の香ぞする」の古歌が口の端にのぼる、という一瞬——読者を作品世界に引きずり込む、簡明にして鮮かな描写である。返書を当然として待つ童に対する、女の無言の時間、胸中に去来する思いは、言わずして明らかである。

2　三段　「思ひたまふべかりぬべけれ」と聞えて。

同段【補説】および後段七—1に詳説する通り、物詣で一件で、女が宮の遠慮に焦立ち、かくありたき宮の詠歌を代詠してたたきつける場面。従ってここで一旦切れ、次に「参りて二日ばかりありて」と新たに文を起して来る形と見るべきであろう。

3　同　ものうくはづかしうおぼえて。

前文に続き、物詣で一件で、女に情熱不足を手きびしく非難された宮の、帰宅した女へのはじめての音信である。下文を省略した所に、おずおずとした初心さがよくあらわれている。

4　八段　しばしのぼらせ給ひて。

これを「しばしのぼらせ給ひて、出でさせ給ふとて」と、引き続けて平板に読んでしまっては、作者は不本意であろう。「て止め」によって、辞去との中間に行われたに違いない、語られざる情交の濃やかさを表現した技巧である事を、同段【補説】により理解していただきたい。なお相似た朧化表現は、蜻蛉日記でも「て止め」でこそないが、「とばかりありて」「しばしありて」の形で行っている（岩佐「『我が染めたるとも言はじ』—『蜻蛉日記』服飾表現考—」『王朝日記の新研究』平7。『宮廷女流文学読解考 総論 中古編』平11所収）。

5　九段　かくなん言ふと聞えて。

小舎人童と樋清童女の対話により、女が宮の無沙汰の原因をさとる場面である。ここは同段【補説】、また後段七—

2で詳述する通り、「聞ゆ＝了解できる。得心できる」の語義が諸注釈者の念頭にないため、これを樋清童女が女に「申上げた」と敬語に解する誤解釈に加え、「聞きて」とする寛元本・応永本の誤改訂も相伴って、「ああ、そういうわけだったのか……」という、誰に転嫁しようもない作者の悲しみを言わずして表現する、この「て止め」の妙が全く理解されていないのはまことに残念である。再検討を強く望みたい。

6　一一段　御文書かせ給ひて、給はせて。

女が石山詣でと聞いて、宮が文を遣わされる所である。諸注釈、「給はせて、石山に行きたれば」と読点を施し、「童が石山寺に行ってみると」のように素直に下文につながるものとしている。しかしここは、「給はせて」で句点をもって切れる「て止め」である。同段【補説】および後段七—3に指摘するごとく、文を託された童が石山に行くのは自明で、記す必要はない。「て止め」の後新たに起す「石山に行きたれば」の主語は「女」でなければならぬ。続く「仏の御前にはあらで、ふるさとのみ恋しくて」も、通説、「女は仏の御前には居ないで」云々ではなく、「女は石山に行ったものの、(恋しいと思って来たはずの)仏の御前ではなくて、(捨てて来た)京ばかりが恋しくて」である。それでなくて、わざわざ「仏の御前には居ないで」などと言う事には、何の意味もないであろう。

7　一五段　あはれにおぼされて。

従来、ここで止めず下文に直結すると解されて来たが、次をことさら「女……」と起している所から見て、ここで切れ、前文宮の心情「……こゝにかくてあるよ」の補足説明の形の「て止め」かと考える。如何。

8　同　「かきみだる心地のみして」。

会話文によく見られる言いさしの形である。

9　同　たはぶれごとに言ひなして。

「手枕の袖」のやりとりの発端である。ここで女の家での会話は切れ、次は翌朝、宮邸での状況に移るのであるから、明白な「て止め」で、疑問の余地はない。

10　一六段　「聞え絶えん事のいとあはれにおぼえて」。

宮が女を自邸に迎える件を、はじめて切り出す所である。言いにくい事を言い出す遠慮がちの気分のよく出た「て止め」である。

11　一七段　こゝにもかしこにも眺め明かして。

女・宮双方の前夜の状況を述べる。次の「つとめて」からは筆を改めて翌朝の宮方の描写に移るため、直接は読み続けられず、「て止め」と考える。

12　同　宣はせたる今ぞ人参りたれば、御気色悪しうて。

霜の朝、これにちなむ歌のやりとりに、女に先んじられた宮が、その後れを取った原因なる、小舎人童の遅参を咎める場面である。ここも解釈に諸説あるが、「て止め」によって宮の童に対する無言の勘気を示して文は一旦切れ、続く「問はせたれば」云々を取次の「人」(侍臣)の言とするのが正しいであろう。当時の君臣関係として、はるか下位の童に対し宮が直接叱責するというのは、童の立場を全く失わせる事になり、不穏当である。必ずや中間に立つ侍臣が、主の不機嫌を察して童を譴責する、という形であるべきである。

13　同　「問はせたればとく参らで」。

続いて侍臣の、「お呼びなのにすぐにも来ないで(一体どうしたのだ)」という、強い叱責の口調である。現代でも同様の場合、全く同じに用いられる「て止め」として、臨場感豊かに理解できるであろう。

14　同　「起きながらしも明かし顔なる」と聞えて。

続いて、童の持参した宮の歌に答えた上で、更に叱られてしょげている童のために取りなしの歌を書きつける場面である。一見、素直に下に続くとも見えるが、下文の結びは「『いみじうわび侍るなり』とあり」となっていて、上下一文ではない。すなわち、「聞えて」（ここでは「申上げる」の意）は女側から見ての叙述、下の「とあり」は受取った宮側から見ての叙述で、そこには断絶がある。「て止め」とする所以である。

15　一九段　「いとよく侍るなり」と聞えて。

紅葉見に誘われて女が快諾する場面である。この「聞えて」は「申上げた」の意で、文はここで切れる、「て止め」の形である。次節「その日になりて、今日は物忌と聞えてとゞまりたれば」の「聞えて」は、九段と同じ、「了解」の意――「(宮の方から) 今日は物忌だとのお話で中止になったので」と解して、素直に後文に続く。すなわち「ことわったのは宮」である。そうでなければ、以下のやりとりにおける、女の高姿勢、宮の低姿勢が、全く理解できない。この解釈は同事件を扱った和泉式部集二三二詠の詞書とも合致する。従来の「ことわったのは女」とする解釈は誤りである（後段七―2参照）。

16　同　口惜しう思ひ明かして。

せっかくの行楽の期待が無になった女の残念さを言外に十分に表わした「て止め」である。次文は翌朝、宮からの音信ゆえ読み続けられない。

17　同　「高瀬の舟の何かこがれん」とて。

紅葉見中止から発展した口論を、この一首で見事におさめる。以上、この段についての私見は同段【補説】を参照されたいが、余韻嫋々の鮮かな幕切れである。

18　二二段　のたまはせける、と見るもをかしくて。

いつも女と他の男共との関係を疑い、無沙汰したり責めたりする宮が、そんな事は無かったようにぬけぬけと、「かれ果てて我よりほかにとふ人もあらしの風をいかに聞くらん」と言ってよこすおかしさ、嬉しさ。それを生き生きとあらわした、秀逸の「て止め」である。

19　二五段　「あらじと思ふしばしばかりも」など宣はせて。

この「て止め」で上来の「呉竹」にかかわる唱和が終る。下文は宮が女を迎える具体策に取りかかる所であるから、上とは続かないと見るべきであろう。

20　二六段　なか〳〵人も思へかしなど思ひて。

直前の「さればよと思ひて」が下文に素直に続くのに対し、ここで作者の心内語が切れ、次の行動に移る。従って「て止め」と考える。

21　同　「あなたには人も寄り来ず。そこにも」など宣はせて。

ここまでが宮邸移転当日の会話。次は二日後の宮の動きとなるから、明らかにここで切れる。

22　二八段　「耳にも聞入れ侍らじと思ひ給へて」。

宮の北の方の、姉女御の見舞に対する返書である。貴女のたしなみ、また親しい間柄の書簡文として、言少なに、当然の結論は省略に従う、「て止め」の文体である事、明白であろう。

以上、個々の認定については異論のある事をまぬがれぬとしても、さほど長篇でもない本記にこのように多数の「て止め」があり、それぞれの表情をもって効果的に用いられているのは、本記の大きな特色であるが、同時に「他日記にはなぜそれが少いのか」という事も考えねばなるまい。

和泉式部日記は女流日記文学十二作中ただ一つ、男女一対一の恋愛の機微のみを描き、女房・妻・母としての社会生活や、紀行・信仰等を含まぬ、純一、特異な作品である。そういう、きわめて個人的な打明け話、といった趣の語り口として、この「て止め」多用の形があるのではなかろうか。生活圏を等しくする懇意な同性の間では、必ずしも物事を最後まで言い切る必要はない。「だから、何々してねえ……」と言ったら、「困っちゃったのよ」という結語は、言わずして聞き手が察してくれる。本記の「て止め」は、この呼吸である。そこに、言うにもまさる余情を読み手は汲みとるのである。また、九・一一・一九段等に明らかなように、余分の説明抜きで場面転換を示唆する作用をも持ち、叙述の簡潔性に一役買ってもいる。省略の文学なる和歌の名手、和泉式部の散文にこの「て止め」多用を見る事は、まことに故なしとしない。

他日記の場合には、その言わんとする内容は本記よりもはるかに多様、複雑であり、「て止め」では必ずしも読者の共感を得にくいという事情があろう。読まれる範囲も、より公的な広がりを想定しても居よう。これに対して、かくも「て止め」の多い本記の筆致は、女性が心許した女友達にのみひっそり語る恋の秘め事の趣を如実に伝え、言葉少く余情豊かな、稀に見る独自の叙法で、大歌人和泉式部原作なる事を強く思わせるものである。前後の文脈・修辞の正しい解釈をも併せ、正当な味読・評価を切に臨むところである。

七　新私解解説

本記には、従来諸大家の注釈研究が微に入り細にわたって行われ、もはや新見解の出る余地はないかに思われるが、実は諸説錯綜する難解箇所にも、若干見方を変えるだけで、あるいは現代忘れられた語解釈を復活させるだけで、すっきりとした解釈が成立つケースがなお存在し、また一方、全く問題なく諸説一致して訳出されている部分にも、実は大きな誤解があって、さりげなく示された作者の真意が見過されている場合がある。それらの私解は各段の現代語訳および【補説】に示したが、原文通読の興趣を損う事を恐れて、あえて詳説を避けた部分も多い。重複の形とはなるが、その主要なものをここに改めて再論、私解の意のある所を明確にしておきたい。既成観念にとらわれぬ、公正な批判を求め、本記の正当な理解味読を進めたいと念願する次第である。

1　思ひ給ふべかりぬべけれ

三段、女の物詣でをめぐる応酬については、従来十分な解明がなされていない。ひとり玉井『新註』に注目すべき解釈があるが、以後の注釈には踏襲されず、また玉井説も、後半、宮の贈歌の解には不満が残る。

一段の橘の贈答、二段の初会の後、なお訪問をためらう宮に女は時鳥にちなんだ誘いをかけ、宮も「木高き声を今日よりは聞け」と高揚した返歌を贈りながら、実際の来訪はなお「二三日ありてしのびて」である。故為尊親王の情熱と対比して、女は焦立ったであろう。折からの物詣で準備の精進に言寄せて交接を拒否、宮もこれに従い、帰邸後の文に、宮の不満、女の弁明が示される。

さて次の日、「今日や物へは詣り給ふ。さていつか帰り給ふべからん。いかにましておぼつかなからん」——おずおずと遠慮がちな言い方に、女の焦立ちは爆発する。故宮ならこんな事はあるまい、精進など蹴散らして、昨夜のうちに、思うままに愛して下さったはずだ。そういう男の為なら、物詣でなどどうだっていいのに……。その不満を思い切り投げつけたのが、次の返書である。

「折過ぎてさてもこそやめさみだれて今宵あやめのねをかけまし、とこそ思ひ給ふべかりぬべけれ」。諸注釈、これを通常の女の心情表明と見て疑わず、上二句を「もしも今夜行かないとすれば、時機を失して、せっかくの日ごろの精進がそのまま無駄になって困ります」（全講）、あるいは「時期が過ぎれば、そのまま五月雨もやむように、悲しみもやむことでしょう」（新全集）のように取っている。そして『全講』以外は、「もこそ」の連語が、強意の「こそ」とは異なって「そうなっては困る」と危惧する意をあらわす事を念頭に置いていない。更には「べかりぬべけれ」という特異な表現の意を解しかねて、「と思ってくださると結構なのですが」（新全集）、あるいは応永本本文「思ひ給へかへりぬべけれ」により「すぐに帰ってまいりますから」（全講）のように訳している。

しかしこれは、『新註』の解釈が正しい。歌における「もこそ」の意を端的正確に訳して、「このまま時が過ぎては二人の仲が絶えてしまふ、かうしてはおけないから、今夜は五月雨が降りかかるやうに訪づれて行かう」――「この歌は式部が希望する宮の熱情を一気に表現したもの」とした上、続く「思ひ給ふべかりぬべけれ」の原形「思ひ給ふべくありぬべけれ」の正しい訳出、「と思うて下さりさうなものでございますのに」を提示している。相俟ってまさに正解である。すなわちこれは、女が宮になりかわって、かくあってほしいと願う男の心情を代詠してしまい、真の恋人の態度はかくあるべし、と直截に慫慂している、異例の消息文なのである。

以上は奇矯の見解と見られるかも知れず、従って以後の注釈類にもほとんど顧みられなかったのでもあろうが、「女」が宮も認める「代詠」の名手（一四段）である事を考え、又かの赤染衛門の名歌「やすらはで寝なましものを」が姉妹の代詠であり（後拾遺集六八〇）、赤染と和泉が各自その男とその妹に代って恋歌をやりとりする（赤染衛門集一九四〜一九六）ような事が普通に行われた時代である事を思えば、玉井訳は本文に忠実にしてきわめて妥当な解釈である事が首肯されよう。

次に、物詣でから帰った女に対する宮の音信、「日ごろは、

　過ぐすをも忘れやすると程ふればいと恋しさに今日は負けなん」

の上句は、玉井説を含め諸注釈すべて、「過ぐす」は前文「日ごろは」を直接受けるものとし、「日を過すことによってあなたを忘れられるかと」（新全集。新註は「貴女が私を」）といった趣旨にほぼ一致している。一見問題ないようであるが、これでは「過ぐすをも」と強調する含意が釈然としない。「日ごろは」は「程ふれば」にかかるもので、忠実に訳出するならば、「この数日、『過ぐす』という事をも、もしかしたら忘れるのではないかと時間を置いていると」とあるべきであろう。「過ぐす」とは、女の代詠における「折過ぎて」をさし、「宮が精進に遠慮して、求愛の折を過して（機会を取り逃して）しまった失敗」の意であり、以下は、「それをも、もしやあなたが忘れてくれるだろうかと冷却期間を置いていましたが、もう恋しくて我慢ができない、今日は意地の張り合いに負けて、お便りしましょう」の意である。宮の内心において恋しさに負けた、と言うのでなく、女との悶着に負けた、と言っているからこそ、女の方からもまた、

負くるとも見えぬものから玉かづらとふ一筋も絶間がちにて

と、勝負を宮と女、相互間のものとして、目に見える形として返歌し得るのである。

以上、従来の研究者の念頭には全くなかった解釈であるかも知れぬが、かく読んでこそ、正しく文法に沿い、この恋の始めにおける、故宮・女・帥宮の心理的三角関係を鮮かに描出した、きわめてユニークなこの一段の価値を、正しく認識できるであろうと考える。先入観を捨てて味読の上、忌憚のない批判をたまわりたい。

2　聞えて

難語解釈に悩むのは研究上の当然であるが、一方、全く難解でないごく普通の言葉ゆえに、その古語としての意味に全く心付かずに解釈し、ために生ずる問題の処理に不要の言説を費し、作品の真意を見失っている場合もある。

九段、宮の許に、女が複数の男を通わせている旨のうわさが寄せられ、文の通いも途絶える。たまたま小舎人童が立寄り、樋清童女にその旨を語って去る。その次の一文、「かくなん言ふときこえて」を、諸注釈、「童女が女に申上げた」の意に取り、女が自敬表現を取っている事に不審を抱く場合は寛元本・応永本の異文「きゝて」に改めなどしている。しかしこれは、同段【補説】に示した源氏物語・大鏡の用例から、降っては近世の人気浄瑠璃「近頃河原の達引」お俊伝兵衛の有名なサワリの文句、「そりゃ聞えませぬ伝兵衛さん」に至るまで、連綿として続いた「聞ゆ」の語意、「了解できる、納得できる」を、現代人が全く忘れ去ったゆえの誤りである。

日記に記す以上、小舎人童の言が童女を介して女の耳に入った事は自明であり、わざわざ、ことに自敬表現を用いて、「申上げた」などと書くはずがない。「かくなん言ふと聞えて」――「ああ、そういううわさが立っているのだな」(だから宮が来て下さらないのだ)と了解できて――。これが正解である。現在はそのような交渉を断っているとは言え、女自身、過去の行いをかえりみ、現在も続く男共の誘惑を思えば、宮の疑惑を否定するすべもない、その悲痛な万感のこもった告白が「かくなん言ふと聞えて」である。かくも深刻な心情描写が、「申上げた」などの不要拙劣な叙述と誤解されて顧みられない事を惜しみ、研究者の再考を促す次第である。

「聞えて」にはもう一箇所、同様の大きな誤解釈がある。一九段、紅葉見の件である。

「この頃の山の紅葉はいかにをかしからん。いざ給へ。見ん」とのたまへば、「いとよく侍るなり」と聞えて。

この「聞ゆ」は当然、「女が宮に申上げた」の意である。しかしすぐ続く、

その日になりて、「今日は物忌」と聞えてとゞまりたれば、

の「聞ゆ」は如何。諸注釈すべて「申上げて」を取って疑わず、一旦紅葉見を快諾した女が、当日になって物忌を理由にことわった、としている。ところが、当夜の時雨を挟んでの以下六首にわたる両者の応酬を見るに、先ず宮から

発信、それも紅葉には全く触れず時雨の見舞と見せてそれとなく残念さを表明する。女は一往そ知らぬ顔でおとなしくこれを受けながら、ふと思い出した趣で、「紅葉ばは夜半の時雨にあらじかし昨日山辺を見たらましかば」と、中止の恨みを正面から衝く。宮はあわてて、「そよやそよ」「散りや残れるいざ行きて見ん」と糊塗弥縫し、「常盤の山も紅葉せば……不覚なる事にぞ侍らんかし」と一蹴されている。女の方からの違約であるなら、宮に対しこのような高姿勢は取り得ないはずである。諸注釈すべて、この点の追求が十分でない。一方和泉式部正集では、上記一連の贈答の中から女の「紅葉ば」詠（二三一）のみを入集、詞書に、「宮より、紅葉見になむまかるとのたまへりけれど、その日はとゞまらせ給ひて、その夜風のいたく吹きければ、つとめてきこゆ」として、中止が宮の都合によるものであった事を明らかにしている。また寛元本・応永本では、

その日になりて、《はアリ(応)》今日は物忌とてとぢこ《こナシ(応)》められてあればなん、《いとアリ(応)》口惜しう、これ過ご《ぐ(応)》してや《は(応)》必ずとあるに、《のたまはせたるに(応)》

と、これも宮の都合による中止としている。

しかし上来述べて来た「聞ゆ」の別解、「了解・納得」の意をここに導入すれば、「今日は物忌と聞えて」は、「今日は物忌であるとのお話で」と解釈され、宮方の都合による違約である事が苦もなく理解されよう。これにかかわる宮の文に、「あな口惜し、これ過ぐしては必ず」とある事も、宮側の物忌である事を裏書する。女の側の物忌ならば、「それ過ぐしては」とあるべきではないか。以上、九段の例と併せて当否を判断されたい。

なお、続く「髙瀬舟」の贈答も、諸注釈必ずしも明解を得ないが、「ことわったのは宮」の流れに添い、かつての逢瀬における「ことわったのは女」の別事件を想起しての、宮の逆襲であると解釈すれば、これまた非常に巧みな展開である事が理解されよう。この点は同段【補説】で詳述したのでこれによられたい。

3　石山に行きたれば

「きこえて」より更にありふれた、何でもない表現でありながら、誤解釈により叙述の妙味が失われている例もある。一一段、宮が女の石山詣でを知り、遠路の文使いを童に命ずる。

「さは、今日は暮れぬ。つとめてまかれ」とて、御文書かせ給ひて給はせて。

石山に行きたれば、仏の御前にはあらで、故郷のみ恋しくて、かゝる歩きも引きかへたる身の有様と思ふに、いと物悲しうて、まめやかに仏を念じ奉る程に……。

諸注釈、「童が石山寺に行ってみると、女は、仏の御前には居ないで、出かけてきた京ばかり恋しくて……」(全講)のように解して、特に疑義を抱いていない。しかし、文使いを命じられた以上、童が石山に行くのは当然の事で、特記するに足らない。「給はせて」で一旦文は切れ(すなわち「て止め」)、新たに起して来る「石山に行きたれば」の主語は、「童」ではなく「女」ではないか。またせっかく遠路参詣に来た以上、「まず我が仏の御前に」(枕草子一一五段、正月に寺にこもりたるは)と急ぐのが当然なのに、なぜ「仏前には居ないで」と言う必要があるのか。

童が石山に行くのが当然なように、女が石山に行くのも自明ではないか、という考え方もあろう。しかし童は単に使者として行くだけだが、女は石山寺なる観世音の御許に、救済を求めて行くのである。ところが、「行ってみたらば、恋しくて来たはずの仏の御前ではなくて、捨てて来た故郷の京――帥宮の在る方ばかりが恋しく、参籠をむしろ不本意に思うにつけ、その不信心さが情なく、改めて真実心を起して仏を念ずる」というのが、ここでの文脈である。ここにこそ、「石山に行きたれば」「仏の御前にはあらで」と特記する意味がある。作者は決して不必要な事、無駄な事は言っていない。この点を三思して、なお同段【補説】をも参照しつつ、読解していただきたい。

以上三件は、研究者としてではなく単なる文学好きとして、中古女流文学から近世庶民文学に至るまで、アトランダムに愛読し、やがて研究の道に入って、専門分野としては中世女流日記を全般的に扱って来た者の、改めて研究的視野から和泉式部日記を読み直した時、図らずも心付いてしまった問題点である。願わくは広い視野をもっての検討批判をいただきたいと、切に念願してやまない。

【参考文献】

本来的にはここに、注釈書・研究書・研究論文名を列挙すべきであろう。しかし研究の歴史の甚だ長くかつ充実している本記の場合、各注釈書類に参考文献は必ず付載されており、かつ国文学研究資料館「国文学論文目録データベース」により、アップ・ツー・デートに知る事ができる。それらすべてに目を通し、評価の上掲載する、という事は不可能であり、たとえ行っても形式を整えるに過ぎず、利用価値も乏しいであろう。このように考えて、本書ではあえてこれを省いた。その代替として、数ある文献中、私が多年熟読し、感銘し、影響を受けた数点について述べ、参考に供したい。

*五十嵐力「愛欲に翼したる『和泉式部日記』」（『平安朝文学史上巻』第十三、昭12、昭24新訂版、東京堂）
少女時代、はじめて読んだ文学史書であり、本章、また下巻（昭14）第十六「偉大なる集成創建の『源氏物語』」は、繰返し愛読して私の文学研究の基礎となった。全くの初心者をも魅了する、講談めいた楽しい語り口で説き明かされた本記概評は、「愛の萠芽から勝利に至るまでを、夾雑物《まぜもの》なしに写し、和歌と自然現象とに伴はせて数数のあやを見せつつ、豊富なる愛の姿を描き、而して、その間に和泉式部及び帥宮といふ恋愛道の選まれたる男女二選手の、

特色ある個性面目を浮彫りのやうに躍如たらしめたもの」という、それ自身わく〳〵するような名文で、これに触発され、戦時下、米軍空襲を恐れる燈火管制の乏しい光の下で、無謀にも読みはじめ、直ちに挫折した、群書類従所載本記の第一頁は、今も眼に鮮かに浮ぶところである。

＊玉井幸助『和泉式部日記新註』(昭24、世界社)

昭和25年に再版、その直後にその版を入手したと記憶する。これによってあこがれの本記をはじめて通読しえたばかりでなく、これが私の専門国文学研究書に接した初体験であり、これにより、三段「折過ぎて……思ひ給ふべかりぬべけれ」の正しい解釈、二八段最末の「と本に」の含意の程を知る事を得た。また一三段の手習文のうち、「消えぬべき露の我が身」の歌が、書写の誤りで地の文に紛れ入っているという、書写伝承の持つ面白さをはじめて知った。更に、挿入された正誤表(昭24・8・31付)に、通常誤植訂正以外に、一九段「わが上は」の歌につき、著者が見落していた根拠、風俗歌「大鳥」による歌意訂正が行われている事に、「研究とは創作と違い、あとから直せるものだ」と感銘し、その事が後年研究者の道に進むについて大きな力となった。

＊清水文雄校注『和泉式部日記』(昭16、岩波文庫)

昭和30年代に、『和泉式部歌集』(清水校訂、昭31、岩波文庫)と共に入手、常に持ち歩いて親しみ読み、楽しんだ。

＊円地文子・鈴木一雄『全講和泉式部日記』(昭40、昭58改訂版、至文堂)

昭和60年、NHK文化センターで本記を講ずるについて、はじめて研究的に読む必要を感じて熟読、多大の知見を得た。

＊藤岡忠美校注・訳『和泉式部日記』(昭46日本古典文学全集、平6新編、小学館)

現在最もスタンダードな形の訳注書として、種々の示教、便宜を蒙っている。

＊中嶋尚『和泉式部日記全注釈』（平14、笠間書院）
凡例の中に主要引用書を列記するほか、注解中に非常に精細に各書・雑誌論文等の所説を紹介しており、単なる参考文献列挙では得られぬ知見が示され、甚だ有益である。

以上、私の貧しい研究歴を露呈した形で恐縮であり、かつ、森田兼吉『日記文学の成立と展開』（平8、笠間書院）、同『日記文学論叢』（平18、笠間書院）をはじめ、諸研究者執筆の日記文学関係・和泉式部関係論著を挙げれば限りもない事であるが、今はこの程度にとどめることとする。

あとがき

これまで手がけてまいりました諸注釈作品のほとんどは、比較的研究史の浅いものばかりでした。その分、苦労もありましたが気楽に勝手な事が言えましたけれど、今回の和泉式部日記は到底そうはまいりません。注釈書だけでも二十に余り、研究論文に至っては数えようもない。私に許された残り時間を考えますと、それらを熟読検討した上で自説を成す余裕は到底ありません。已むなく、不備も失礼も承知の上で、屋上屋を重ねる事をお許し下さいませ。

執筆時、見及びませんでした最新の成果の一例をあげますなら、三校校了直前に刊行されました、川村裕子『王朝文学の光芒』（平24・12、笠間書院）第三篇『和泉式部日記』の表現と広がり」には、三章にわたって「作品に横たわる表現意図」が多方面から詳細に考察されていて、当然論及すべきかとは存じましたが、そのように手を延ばしましては際限もない事になりますので、あえて見送る事といたしました。このような失礼は、多方面に重ねております事と存じますし、特に諸先覚の先生方には多年学恩にあずかりながら遠慮もなく勝手な自説を申述べ、批判を申上げました事、まことに恐縮に存じますが、作品注釈の立場からして、納得し難い点は指摘せざるを得ませんでした。どうぞ御海容の上、厳しい御批正をたまわりますようお願い申上げます。

蔵書の底本使用を許可されました宮内庁書陵部、影印本とその解説により多大の示教と便宜とをお与え下さいました藤岡忠美先生と和泉書院、カバーのデザインとして御所蔵の冷泉為恭《ためちか》筆和泉式部像（明治二十八年版行『聯珠百人一首』）を御提供下さいました南園文庫主、そして出版事情も大変きびしい中、いつもわがままをきいて下さいます笠間書院池田つや子社長、橋本孝さん、大久保康雄さんに、心から御礼申上げます。
六十年来の愛読書に、「あらざらんこの世のほかの思出でに」自分としての注釈を加える事ができました。本当にありがとうございました。

平成二十五年正月七日

岩佐美代子

【よ】

【わ】

【を】

和　歌　索　引

一、作中の和歌の初二句を、歴史的仮名遣い五十音順に排列し、詠者と所載頁数を示した。

一、連歌は上句下句それぞれに掲げた。

一、手習文中に紛れこんだと思われる歌（一三段）、宮が口ずさんだ上句（一七段）および贈答に用いた古歌（二五段）も掲げた。

■著者紹介

岩佐美代子（いわさ　みよこ）

略　歴　大正15年3月　東京生まれ
昭和20年3月　女子学習院高等科卒業
鶴見大学名誉教授　文学博士

著　書　『京極派歌人の研究』（笠間書院　昭49年）
『あめつちの心　伏見院御歌評釈』（笠間書院　昭54年）
『京極派和歌の研究』（笠間書院　昭62年）
『木々の心　花の心　玉葉和歌集抄訳』（笠間書院　平6年）
『玉葉和歌集全注釈』全四巻（笠間書院　平8年）
『宮廷に生きる　天皇と　女房と』（笠間書院　平9年）
『宮廷の春秋　歌がたり　女房がたり』岩波書店　平10年
『宮廷女流文学読解考　総論中古編・中世編』（笠間書院　平11年）
『永福門院　飛翔する南北朝女性歌人』（笠間書院　平12年）
『光厳院御集全釈』（風間書房　平12年）
『宮廷文学のひそかな楽しみ』（文藝春秋　平13年）
『源氏物語六講』（岩波書店　平14年）
『永福門院百番自歌合全釈』（風間書房　平15年）
『風雅和歌集全注釈』全三巻（笠間書院　平14・15・16年）
『校訂 中務内侍日記全注釈』（笠間書院　平18年）
『文机談全注釈』（笠間書院　平19年）
『秋思歌　秋夢集新注』（青簡舎　平20年）
『藤原為家勅撰集詠　詠歌一躰・新注』（青簡舎　平22年）
『岩佐美代子の眼　古典はこんなにおもしろい』（笠間書院　平22年）
『竹むきが記全注釈』（笠間書院　平23年）
『讃岐典侍日記全注釈』（笠間書院　平24年）ほか。

現住所　〒243-0432　海老名市中央3-4-3-1101

和泉式部日記注釈［三条西家本］

2013年3月25日　初版第1刷発行

著　者　岩佐美代子

装　幀　笠間書院装幀室

発行者　池田つや子

発行所　有限会社笠間書院
東京都千代田区猿楽町2-2-3［〒101-0064］

NDC分類：915.34　　電話　03-3295-1331　fax 03-3294-0996

ISBN978-4-305-70690-4

モリモト印刷